遠藤だいず
ill. ファルまろ
少女に転生したけど、
ボーナスで楽勝です！
100%盗む&逃げるで
ラクラク冒険者生活
1

リオ
フィオナ

レファーナ
ガーネット

破壊光線を連射する
ビッグ・ホーリースライムに、
炎のリング十本分の
攻撃をお見舞いした。
「大火力には
大火力で応戦っ、
十倍威力の
火炎球《ファイヤーボール》っ！」

CONTENTS

Prologue …… 006

Episode 1 クラジャン廃人・リオが転生《ログイン》しました …… 012

Episode 2 ランク昇格&のじゃロリ縫製師 …… 046

Episode 3 Sランクダンジョン《奈落》 …… 061

Episode 4 やりすぎレベルアップ …… 079

Episode 5 魔法剣士フィオナ …… 129

Episode 6 目指せ一九層！　フィオナと行く《奈落》探訪記 …… 157

Episode 7 Sランクパーティーを取り返せ！　VS《奈落》二〇層ボス！ …… 203

Eepilogue 帰還、賞賛、そして旅立ち …… 237

Extra リブレイズに咲く、気高き高嶺の花へ …… 282

Prologue

「リオ。お前は覚醒の儀で《盗賊》の才能をさずかった。……これからは与えられた才能を活かし、人生を歩んでいきなさい」

「私が、盗賊……？」

村の中心にある聖堂。そこで《覚醒の儀》を終えた神官が、気まずそうな表情で首を縦に振る。

その言葉を聞いた私――リオは絶望のあまり、気を失ってしまいそうなほどのショックを受けた。

盗賊。

それは神にさずけられる才能の中でも、最底辺と呼ばれる才能のひとつ。

（ど、どうしよう。このままじゃ私、村から追い出されちゃう……）

私――リオは養護院で暮らす、平凡な女の子だ。

十五歳の誕生日を迎えた今日。国のならわしにしたがって覚醒の儀を受け、才能をさずかりに来た。

才能は後《のち》の人生を左右する大事なもの。なぜならほとんどの人が、得られた才能を活かす仕事に就くからだ。

人は誰しも体内に魔力を持っていて、覚醒の儀でさずかった才能にだけ魔力を注ぐことができる。

才能は大きく二つの種類に分けられており、それぞれ《生活種》と《戦闘種》と呼ばれている。

生活種は作ることに特化した才能だ。大工をさずかれば丈夫な建物を作れるようになり、農家なら栄養豊富な作物を育てられる。

戦闘種を得た者には、人の理《ことわり》を超えた大きな力が与えられる。剣士や武闘家、それに炎や氷の属性魔術師。その名にふさわしい身体強化や、スキルと呼ばれる特別な能力を獲得できる。

しかし、盗賊だけはどうしようもない。

戦闘種にもかかわらず素早さ以外は平均以下で、得られるスキルも【盗む】と【逃げる】に特化したものばかり。

戦闘種は兵士や冒険者を目指すのが普通だが、盗賊ではどちらを目指しても成功には程遠い。

もちろん世の中にはさずかった才能とは、無関係の仕事に就く人もいる。だが盗賊にはそれすらも難しい。

なぜなら仕事場の物がなくなっただけでも、盗みが得意という理由で疑われてしまうからだ。疑いの目は人間関係を悪化させ、ほとんどの人は職を追われてしまう。

どんなに善良な人でも仕事を続けることができず、最後は盗賊団の仲間になるしかない。……そう思われているからこそ、盗賊はますます社会の信用を失っていく。

それが盗賊の行きつく先、誰もがそう信じてしまうほどに。

私は覚醒の儀にすべてを懸けていた。

この国ではめずらしい黒髪を持つことから、養護院でも仲間外れにされていた。だから大人になって一発逆転するつもりで生きてきた。

どんな才能をもらってもいいように、村にある古書館の蔵書三万冊を読んで世の中のことを調べ尽くした。

親のいない私でも、いい才能をもらって立派な大人になれば人生も変わるはず。……そう思っていたのに。

突然の不幸にショックを受け、パニックになり――――なぜか前世の記憶を思い出した。

（……あれっ？　ここってクラジャンの世界じゃない？）

クラジャン。それはクラン・オブ・ジャーニーと呼ばれるゲームの略称である。

複数のキャラクターを編成し、ダンジョン攻略をメインとしたＭＭＯＲＰＧゲームだ。

前世では家にいたほとんどの時間を、クラジャンのプレイに費やしていた。

総プレイ時間はメインアカウントで千時間を遥《はる》かに超えている。サブアカウントも含めれば何時間費やしたか見当もつかない、というか計算したくもない。

（でも、どうして私はクラジャンの世界に？）

前世最後の記憶は、十一回目となる《主人公転生》のボタンを押したところで終わっている。

主人公転生とは、いわゆる強くてニューゲーム的な機能だ。主人公の能力を自ら初期化《リセット》させる代わりに、様々なメリットを得ることができる。

つまり私はそのタイミングで、ゲーム世界に転生でもしたということ？

そ、そんなのって………最高じゃん！

「やったあぁーーーーーっ!!!!」

いきなり大声をあげたせいで、神官が驚いて腰を抜かしてしまった。

「えっ、本当にクラジャンの世界なの？　しかも周回を始めた瞬間に転生とか……もしかしちゃっ

たりする？」

ここがゲームの世界なら、自分のステータスくらい覗《のぞ》けるはず！

「……ステータス、オープン」

私は自然とそのような言葉をつぶやいていた。するとゲーム同様のステータスウィンドウが、目の前でホログラム表示される。

ステータスを開いて真っ先に確認するのは、転生特典に設定されている引き継ぎスキルポイント。

現在のポイントを確認すると……転生十一回目のポイント上限値、３３００の数値が刻まれていた。

「うおぉーーーーっ！　本当に私はクラジャンの世界にやってきたんだぁっ！」

歓喜のあまり、その場で大はしゃぎ。

腰を抜かしていた神官を立たせると同時、そのまま両手をつないで踊り出す。

「しかもよりにもよって盗賊だなんて、神様に感謝ですっ！」

「……は、はぁ。そこまでお喜びいただけて、なによりです」

困惑顔の神官とダンスを終えた私は、軽くお礼を言って聖堂を後にした。

「ふふっ、クラジャン世界に転生できたのも最高だけどさ。盗賊っていうのがまた気が利いてるよね！」

実のところ、盗賊はハズレ才能ではない。

もちろん初期はステータスも低めで、お世辞にも活躍できるとは言えない。

唯一の利点は魔物からアイテムを盗めること。だが軽装しか装備できない序盤では苦戦しがちだ。

だがプレイヤーのレベルも育ち、主人公転生も繰り返していると唯一無二の働きができるようになる。

つまり莫大《ばくだい》なスキルポイントを継承した今の私は――

「えへ、えへへへ、うぇへへへへへへへ！」

……これから起こることを想像し、私は口元がニヤけるのを抑えることができなかった。

Episode 1　クラジャン廃人・リオが転生《ログイン》しました

「とりあえず養護院に戻ろうかな。院長《マザー》も覚醒の儀の結果を待ってるだろうし」

私は前世の記憶をよみがえらせたが、養護院で過ごしたリオとしての記憶も残っている。

先ほどステータスオープンとつぶやいたのは、この世界で生まれ育った私だった。どうやら記憶が上手《うま》く融合した、というコトなんだろう。

つまり、この体には二人分の知識が詰まっている。

養護院で育ったリオは一発逆転を狙って、このクラジャン世界について必死に勉強してきた。

そして前世の私はクラジャン廃人だったこともあり、攻略サイトを丸暗記したような記憶を持っている。

そんな二人が融合したらどうなるかなんて、説明するまでもない。

もはや絶望する理由なし。いまの自分には一人で生きていく知恵がある、養護院へ向かう足取りもスキップするほどに軽い。

「よし！　さっさと養護院に戻って、院長にガッカリしてもらおう！」

そうして養護院に舞い戻った私は、機嫌よく盗賊の才能をさずかったことをご報告。もちろん院長の反応は予想通り。

「……はあ、盗賊ですか。では今後についてはすべて自分でお決めなさい。こちらから紹介できる仕事はありませんから」

予想通り。そっけない返事だけ残して、院長は仕事に戻っていった。

あっさりと踵《きびす》を返す院長を見て、私はなぜだか既視感を感じた。

(……あ、わかった。院長と転生前のお母さん、ちょっとだけ似てるかも)

子供の頃は仲良しだったものの、中学高校と上がるごとに話す頻度は減っていった。

理由は単純。

私がネトゲに没頭し、母はその趣味が受け入れられなかったからだ。

母が私に求めていたのは、手をつないで買い物に行く仲良し親子。私がネトゲに夢中になってからは、呆《あき》れたような顔しか向けられた記憶がない。

できれば仲良し親子でありたかったけど、趣味を理解してもらえなかったのなら仕方ない。

私も理想の娘像を演じられなかったワケだし、そこはお互い様というものだろう。

ちなみに院長を母との引き合いに出したが、不愛想なのは院長だけじゃない。この村に住む大人全員がそんな感じだった。

この村には総じて元気がない。

西に大きな山があるせいで陽が沈むのも早く、お金になるような特産品もない。村おこしができるような元気のある人は、みんな他の町へ行ってしまった。

大きな養護院があるのも、子供の世話で国の補助金をもらうため。

大きな古書館があるのも、貴重な蔵書の保管で補助金をもらうため。

養護院出身の子供は覚醒の儀を終え次第、才能に見合った仕事を院長に紹介される。そして養護院は少ない紹介料を受け取り、なんとか食いつないでいる。誰もがいまをギリギリ生き抜いているような村だった。

転生前の言い方だと、まさに限界集落って言葉がぴったりだ。

(それでも食べさせてもらえるだけマシだったよね)

子供の食費すら出し渋るような大人じゃなくてよかった。いい養護院だったとは言えないけど、大人になるまで育ててくれたことには感謝している。

私は寝室としていたスペースを掃除し、借りていた食器や衣類を返却する。

成人を迎えた私はもう養護院にいられない。

仕事もないので村に居つくわけにもいかない。

着の身着のまま、村を出るしかない。フィールドには魔物もいるので、見捨てられたも同然だ。

それでも最低限の礼儀として、私は養護院に向かって頭を下げる。

「今日までお世話になりましたっ！」

挨拶《あいさつ》を返してくれる人なんていないけど、後ろ髪を引かれない旅立ちもなかなかに清々《すがすが》しい。

こうして私は誰に見送られることもなく、十五年住んだ養護院に別れを告げたのだった。

「さて、まずは冒険者ギルドのある町に向かおうかな？」

冒険者ギルドに行けば、冒険者ライセンスという身分証が手に入る。家ナシ職ナシの私が真っ先に取得したいものの一つだ。

「あと仲間を見つけて、自分だけのクランも作りたいよね！」

クランとは、様々な才能持ちが集まって作る共同体だ。戦闘種だけで構成された冒険者パーティーとは少し違う。

わかりやすい例のひとつが、クランハウスだ。

家持ちとなったクランでは明確な役割分担が行われる。

生活種は基本、ダンジョンに潜らずアイテムや装備の製作に専念する。

そして、戦闘種は作ってもらったアイテムや装備を駆使し、ダンジョンやクエストで得た報酬を持ち帰る。

家を守る人と、稼ぎに出る人との関係。それぞれにできることをして仲間を支え合う、大きな家族のような関係だ。

交流はＭＭＯＲＰＧの醍醐味《だいごみ》だ。クラジャンの目玉となるクランシステムを、私が無視するはずもない。

それにクランを持ちたいと考えるのは、転生した私だけに留《とど》まらない。

養護院で孤独に過ごしてきた私も仲間や家族を求めていた。だから私たちのやりたいことは共通している。

仲間とクランを築き、クランハウスに住み、規模が大きくなれば領地経営もできるようになる。

夢はどこまでもひろがりんぐだ。

だがクランを立ち上げるには、冒険者ランクＢ以上という条件がある。そのため当面は冒険者ランクＢを目指すことになりそうだ。

「えっと、この村は王国の南東にあるから……北に行けば商人の町、ニコルがあったかな？」

ここは転生した私の知識ではなく、この世界に生まれたリオの知識にしたがって考える。

ゲームでは私の生まれ育った村は存在しなかった。どうやら現実のクラジャンは、ゲームと細部の設定が違うらしい。

「あと村を出ると魔物にも出くわしちゃうから、いまのうちにスキルポイントを割り振っておかないとね！」

私は盗賊のスキル盤を開き、ポイントの振り分け準備をしはじめる。

（ふふっ！　リセット直後のポイント振りほど楽しいものはないよね！）

山のように持ってるポイントを、じゃぶじゃぶ好きなスキルに振れるのだ。

生まれたてのキャラがメキメキ強くなっていくのを見ていると、それだけで楽しくなってしまうのはゲーマーの性質ではないだろうか。

それに情報量の多いゲームは、周回を重ねる度にプレイヤー知識も磨かれていく。あのスキルは取らなければよかった、このスキルは思ったより使えたなど。

こういったブラッシュアップを積み重ねていけるのも、クラジャンの楽しさのひとつだ。これが十一回目の周回ということもあり、私の知識に隙《すき》はない。

持っているポイントは３３００。

これだけあれば理想の盗賊に育てるには十分だ。

必要なスキルは四つ。

まずは四つのスキルにポイントを極振《きょくふ》りしてしまおう。

そしてポイントを割り振った結果、私は以下のスキルを獲得した。

リオ

才能

▶ **盗賊**（レベル：1）

スキルポイント：900

装備品

ボロの服

習得スキル

エンカウント率減少【LV:20】（遭遇率0%）※通称：エンカウントなし／先制成功率上昇【LV: 20】（先制率100%）※通称：絶対先制／逃走成功率上昇【LV: 20】（逃走率100%）※通称：確定逃走／盗む成功率上昇【LV:20】（奪取率100%）※通称：確定盗む

「よし、振り分け完了っ！」

スキルを手に入れたからには早速、実践に移ってみよう！

私は最大値にまで上げたエンカウント率減少――通称【エンカウントなし】を発動し、村の外に向けて歩き始める。

すると歩く先に緑の肌をした、大型の魔物が見えてくる。

オークだ。

大きな棍棒《こんぼう》を片手に持つ、二メートルを超える人型の魔物。初めて見るその顔は凶悪で、現実の魔物に思わず身震いしてしまう。

だが検証は必要だ。

ゲームを軸とした世界ではあるが、スキルが有効かどうかは試さなければいけない。

漏らしてしまいそうなほどの緊張をこらえ、私はゆっくりとオークに歩み寄っていく。

オークはランクDの魔物だ、レベル1の盗賊が勝てる相手ではない。万が一にも見つかってしまえば、瞬《また》く間に殺されるだろう。

……だが、それはいらぬ心配だったようだ。

なぜなら私はオークの巨体を、すぐ隣で見上げているのだから。

エンカウントとはゲームにおいて、敵と遭遇して戦闘フェーズに移行することを指す。

どうやらエンカウントなしが発動している間は、魔物は私の姿を見つけることができないらしい。

(よかった……このスキルがあればフィールドを歩いてる途中で、理不尽に襲われたりすることはなさそうだね)

現実にスキルが働いていることを知って一安心、これなら他のスキルも問題なく成功させられそうだ!

次は盗賊の代名詞でもある【盗む】の検証。

と、その前に――

(いまさらだけど、記憶との違いがないかちゃんと確認しておこう)

私は追加で【観察眼】というスキルを獲得し、オークのステータスを確認する。

どうやらゲームに登場するオークと違いはなさそうだ。

ちなみに観察眼は盗賊専用の鑑定スキルみたいなものだ。HPや使うスキルまでは見られないが、盗めるアイテムだけは確認できる。

⚔オーク

魔物ランク：D

盗めるアイテム

棍棒

盗めるレアアイテム

腰巻き

ていうか盗めるレアアイテムは腰巻きだけど……もしレアを盗んだら下半身は丸見えになるのだろうか？

もしそうなら絶対にレアは盗みたくない！

そんなことを考えながら、私は慎重にオークの棍棒に向かって手を伸ばす。

（それじゃ次の検証っ、握っている棍棒めがけて――【盗む】っ！）

絶対先制からの、確定盗む。

私がオークの棍棒に触れると、物理法則を無視するように棍棒が手に吸いついてくる。

すると自分の手から棍棒がなくなったオークが驚き、慌てふためく。

そこでようやく、近くにいた人間の姿に気づく。だが気づいた時にはもう遅い。私の逃走成功率は１００％だ。

私はオークの棍棒を両手で抱え、脱兎《だっと》のごとく駆け出した。するとオークはまだ視界に映っているはずの私を見失い、きょろきょろと辺りを見回し始める。

どうやら逃走に成功したようだ。

「……やった、ちゃんと成功したみたい」

緊張から解放された私は、尻もちをつくようにその場にへたり込む。

ここはゲームがもとになった世界だが、現実だ。きっと死亡してもリスポーン地点から再スタート、ということにはならないだろう。

ある程度の自信はあったけど、万が一にも失敗すれば確実に殺されていた。でも試す価値は十分にあった。

絶対先制　＋　確定盗む　＋　確定逃走

これらが組み合わさることにより、相手に気づかれずにアイテムを盗み、確実に逃げることができる。

しかも100%という数字が出ている以上、格上の相手でも問題ない。あ、もちろんボスからは逃げられないけどね。

この技はプレイヤーの間で『スティール&アウェイ』と呼ばれている。攻撃をしてすぐ逃げる、ヒット&アウェイのもじりだ。

チートみたいな技だが実践するには膨大なスキルポイントが必要だ。なぜならひとつのスキルを最大値【LV：20】まで上げるには、スキルポイントが600も必要なのだから。

600×4で必要ポイントは2400。才能レベルを1上げて得られるスキルポイントは3なので、実現するには複数回のの転生が必要になる。

初心者には無縁の技だが、クラジャンにハマると誰もが欲しくなる。大体のやりこみゲームって最終的に、レアアイテムの回収効率が大事になってくるからね……。

「これで盗賊が最弱なんてありえないよね。しばらく才能レベルを上げる必要すら感じないよ！」

攻撃力はないので魔物を倒せない、だが死亡リスクはなくなった。

その後も目についた魔物に、スティール＆アウェイを繰り返したが結果は同じ。

ゲーム世界での１００％という数字は、現実化したクラジャンでもしっかり適用されるようだ。

「……でも問題は盗んだ品を持っていけないことだよねぇ」

気づかれずに盗めるのは楽しいが、手ぶらで村を出たので収納バッグすら持ってない。そのためポケットに入らない品は、渋々ながら捨てなければいけなかった。

手元に残せたアイテムは次の通り。

薬草×2
毒消草×1
金のネックレス×1

金のネックレスはなぜかオークが首につけていたので盗んでおいた。

ネックレス付きのオークなんて見たことがないので、おそらくオークが拾ったものだと思う。誰かの落とし物かもしれないと思い、一応回収しておいた。

「とりあえず暗くなる前に、ニコルの町に着いておかないとね！」

魔物にエンカウントしないとはいえ、野宿なんてしたくない。

町に着いたら冒険者登録、あとは収納バッグも確保しないとね。そう考えた私は真《ま》っ直《す》ぐニコルの町へと向かうのだった。

◇

「おぉーーーっ！　ここが本物のニコルかぁ！」

石造りの建物が並ぶ町、ニコル。

スタンテイシア王国の東部にあるこの町は、隣国との国境に面する交易の盛んな場所である。

荷車や馬車がたくさん止まっており、その場で商いをしている者もいる。限界集落から出てきた私は、賑《にぎ》やかな雰囲気に当てられワクワクが止まらない。

「と、まずは冒険者ギルドに行ってライセンスをもらってこようかな？」

私は道を尋ねようと、通行人の男性に話しかける。

「すみませーん、ちょっといいですか？」

……返事がない。ただのおじさんのようだ。

（いやいや、この距離で気づかないとかありえないでしょ！）

無視するにはあまりにも態度が自然すぎる。本当に気づかなかったのだろうか？　もう一度、大きな声で話しかけてみる。

「す・み・ま・せーん！　ちょぉっと聞いていいですかぁーーーっ⁉」

「…………うわっ、なんだ⁉　ビックリしたな⁉」

男性はワンテンポ遅れ、こちらの問いかけに反応した。まるでようやく私の姿に気がついた、とでもいうように。

（あれっ、もしかしてこれって【エンカウントなし】の効果じゃない？）

もしかしたらこのスキルは人間にも効果がある……のかも？

「で、嬢ちゃん。いったい俺になんの用なんだ？」

「あっ、驚かせてしまってごめんなさい。実は冒険者ギルドの場所を聞きたくて」

「冒険者ギルド？　それならそこの大通りに入って、三つ先の角を曲がった先にあるぜ」

「わかりました、ご親切にありがとうございます！」

男性と別れてギルドに向かう途中、何度かエンカウントなし状態で通行人に手を振ってみた。

結果は予想通り、誰も私に視線をくれることもなかった。

通行人の行く道をふさいだりもしてみたが、ぶつかってようやく気づくという有り様《あさま》だった。

やはりエンカウントなしは人間にも有効のようだ。この気づきは後々、なにかの役に立つかもしれない……！

検証も済んだので案内された道を歩いていくと、大きな屋敷のような建物が見えてきた。近くで雑談する人々も武器や防具を身につけている、どうやらここが冒険者ギルドのようだ。

中に入るとゲーム上でよく見た、冒険者ギルドの風景が広がっていた。

制服を着た受付嬢とカウンター、待合席にたむろするガラの悪そうな冒険者。私はそれらを一人のキャラクター視点で眺めている。

（うわぁ、やっぱり現実の光景として見ると違うなぁ！　ていうか受付嬢もみんなかわいい！）

受付嬢たちをキラキラした目で眺めていると、続けて入ってきた冒険者にぶつかってしまった。

「おい、嬢ちゃん。入り口前で立ってねえで、並ぶか出てくかしてくれや」

「あっ、はい。すいません……」

私は頭にバンダナを巻いた冒険者に謝り、カウンターの順番待ちに加わった。それから待つこと十分ほど、先頭にやってきた私にメガネの受付嬢が優しく微笑《ほほえ》んでくれた。

「冒険者ギルド、ニコル支部へようこそ！　本日はどんな御用ですか？」

「わっ、すごいかわいいお姉さんだ！」

「うふふ、ありがとうございますっ」

ウザ絡みにも完璧に対応、かわいらしい笑顔まで返してくれた。私はその愛嬌《あいきょう》のある姿に一秒もかからずファンになってしまった。

「ところで今日はどういったご用件でしょうか？」

「あ、えっと、実はですね。今日は冒険者ライセンスの発行をお願いしたくて……」

「ライセンス発行ですね、かしこまりました！　市民証明書などを提示いただければ、ライセンスにも記述しておけますがお持ちですか？」

「ないです！　市民権どころか家も家族も友達もいない、天涯孤独の身ですっ！」

「あらら、大変。では私がお友達になってあげますね」

「やったーーー！」

なななんと、ファンの垣根を越えて友達にまで昇格してしまった。

これはファンとして逸脱した行為ではないだろうか、他のファンの嫉妬を買って石を投げられたりしないだろうか？

そんなどうでもいい心配をしていると、受付嬢が青い水晶をカウンターに持ってきた。

「これは《投影の水晶》と呼ばれる魔道具《マジックアイテム》です。名前と才能を鑑定しますので、こちらに手をかざしていただけますか？」

「はいっ！」

私は言われた通り、水晶に手をかざす。すると鏡文字となったステータスウィンドウが受付嬢向きに表示された。

「レベル1の盗賊、お名前はリオさん。お間違いないですか？」

「間違いないです」

「ではこちらの書類に名前と才能を記入してください。ご自身で文字を書くことはできますか？」

「はいっ！」

この世界の識字率は高くないが、古書館常連の私には読み書きなんて朝飯前。

必要事項をさらさら記入していくと、第二・第三才能の記入欄が目に入る。

（……そういえば現実《こっち》では、覚醒の儀で複数の才能をもらえることもあるんだっけ）

才能はなにも一人ひとつと決められているわけではない。

覚醒の儀で第二才能を同時にさずかる人もいるし、後天的に第二才能を自然覚醒する人もいる。

当然ながら、才能は多ければ多いほど有利になる。

才能ごとにレベルが独立しているので成長時間は倍になるが、得られるアドバンテージを考えれば嬉《うれ》しい悲鳴でしかない。

複才者《デュアリスト》になれるかどうかは時の運。恵まれた才能を複数得る人もいれば、私のように盗賊だけしか与えられない者もいる。

ああ、なんて不平等！　この世に神はいないのか!?

……なんて考えたのも今は昔。攻略情報を思い出した私は、必ず自然覚醒できる方法を知っている。

とはいえ、今の私はレベル1。

自然覚醒の条件も満たしていないので、おとなしく第一才能《盗賊》だけ記入した書類を提出した。

「では冒険者ライセンスをお渡しします。今日からリオさんはFランク冒険者となりました」

「お手続きありがとうございます！」

「それとリオさんは天涯孤独とのことでしたが、冒険者パーティーを組まれる予定はありますか？なければ募集をかけることもできますが……」

「とりあえずは大丈夫です」

「かけなくてよろしいのですか？　さすがにレベル1の盗賊さんだと、ソロでクリアできるクエストは少ないと思いますが……」

「お気遣いありがとうございます。でも大丈夫です！」

レベル1の盗賊が募集をかけても、仲間にしたい人はいないだろう。

それにスティール＆アウェイがあれば戦闘に苦労することもない。もちろん力はないから、しばらく討伐クエストには挑戦できないけど。

「かしこまりました。受けられるクエストは掲示板に貼り出しているので、そちらを確認してくださいね」

「はいっ！」

「最後になにか聞いておきたいことはありませんか？」

「お姉さんの名前を教えてくださいっ！」

「ふふっ、私の名前はガーネットです」

「メガネをかけた、メガーネットさんですね、覚えました！」

「メガーネットじゃありませんよぉ～っ！」

ちょっぴり頬《ほお》を膨らませながら、かわいらしいツッコミを入れてくれる。

なんて素敵なお姉さんなんだ、結婚したい。ガーネットさんを娶《めと》るためにもたくさんお金を稼がないと！

私はそんなおバカなことを考えつつ、依頼書の貼り出されている掲示板へと向かう。

もう夕方ということもあって、いまからクエストを探そうとする冒険者はいなかった。クエスト終わりで帰ってくる冒険者のほうが圧倒的に多い。

でも私はいまからでもクエストを受ける必要がある。なぜなら宿に泊まるお金も、夕飯を食べるお金もないのだから。

（う～ん。手っ取り早く稼ぐなら、採集クエストのほうがいいんだけど……）

どんなに優秀な盗賊スキルがあっても、レベル1のソロ盗賊にクリアできる討伐クエストはない。

だが採集クエストで稼ぐには、それなりの収納袋が必要だ。手ぶらで採集に行っても持ち帰れる量はたかが知れている。

いまの私には収納袋を買うお金もない。そのお金を用意するのであれば、もう日雇いの仕事でも探すしか……。

そんなことを考えて掲示板の前でうなっていると、ひとつの依頼書が目に留まった。

「あれっ、これってもしかして……」

それは探し物の依頼書だった。捜索してほしいものは金のネックレス、落としたと思われる場所はニコルの南側の街道。

まさかと思いポケットに仕舞っておいたネックレスを取り出すと、模写されたネックレスの特徴に瓜二つ《うりふた》だった。

(えっ、めっちゃラッキーじゃん!)

私は依頼書を剥《は》がして一目散に、受付に舞い戻る。そしてガーネットさんに依頼達成の報告をした。

「えーーーっ、すごいじゃないですか。冒険者になって数分で依頼達成だなんて!」

「運が良かっただけですよ」

「いいえっ、こうしてしっかりお届けいただいただけで立派です! 高価なものは拾っても売り払っちゃう人も多いですから」

「そんなことしませんよー!」

「ふふっ、リオさんはいい盗賊さんなんですね」

こうして私は無事に初のクエストを達成した。

金のネックレスはEランクの捜索クエストだったらしく、２万クリルの報酬を獲得。これで今日の宿とご飯代はなんとかなるだろう。

ちなみにクリルというのはこの世界における通貨の単位だ。１クリルの価値はおおよそ前世の１円と同じ、あまりのわかりやすさに転生者もニッコリ。

「ガーネットさん、近くに女の子がひとりでも安心して泊まれる宿はありますか？」

「それならギルドを出て左に行った《筋骨隆々亭》がいいと思いますよ？」

「な、なんかすごい名前ですね……」

「でしょ？　とても女子が寝泊まりする宿の名前とは思えませんよね？　だから安全なんです」

「なるほどっ！」

とてもいい情報を教えてもらった。私はガーネットさんに礼を言い、宿の方角に歩いていく。

すると宿に向かう途中、人だかりが見えてきた。そこで店主らしきオッチャンが威勢のいい声をあげている。

「寄ってらっしゃい、見てらっしゃい！　収納バッグの叩《たた》き売りだよ、大きなバッグもお洒落《しゃれ》なバッグも、今なら半額の大サービスだ！」

――その言葉を聞いた瞬間、私の意識は飛んだ。

気づけば手元にあった２万クリルはなくなり、不思議なダンジョンにでも潜りそうなクソデカリュックを抱えていた。

「どうしてこうなった……？」

寝食のためのお金は瞬く間に溶けてしまった、バカなの？

しかし買ってしまった以上は、このリュックを活かして稼ぎ直すしかない。

「ええっと、ニコル周辺でお金になりそうなアイテムを持つ魔物は……」

すぐに思い出せたのはニコル北西の森。そこに生息するベビードラゴンからは竜のウロコや、竜のツメを盗むことができる。

買取屋に持ち込めばウロコが５０００クリル、ツメが1万クリルで売れたはずだ。

森に到着する頃には夜だろうが、宿に泊まるお金もないので行くしかない。

「それなら昼に獲得しておいたスキル、ダッシュ速度上昇【ＬＶ：５】の出番だね！」

ダッシュ速度上昇とは文字通り、走る速度を上げるスキルだ。

クラジャンでは移動時、徒歩とダッシュを自由に切り替えられる。そしてこのスキルはＬＶに応じ、ダッシュ速度を上げられるというものだ。

数千時間を費やすような廃人に少しでも時短を！　そんな考えから生み出されたのだろうが……悲しいかな、ダッシュ速度上昇はプレイヤーからはクソスキル認定されている。

なぜなら通常のダッシュでも、十分に速いからだ。

しかもあるクエストを攻略すれば、行ったことのある町やダンジョンへ瞬時《ファストトラベル》に移動できるようになる。

するとフィールドを走り回る機会は減り、町中やダンジョンでしか走らなくなる。

だがダッシュは小回りが利かず、狭い町中やダンジョンでは使えない。壁や人には激突しまくるし、目の前の宝箱や深層への階段を何度も通り過ぎたりしてしまう。

じゃあなぜこんなスキルを獲得したのか？

それは私がクラジャンを好きすぎるあまり、ダッシュ時の細かな操作も練習していたからだ。

その練習をしたことで、なにか意味はあったのか？

いや、ない。ただクラジャンでできないことをなくしたかったから。

なぜできないことをなくしたかったのか？

それは私が……クラジャンを愛しているからさ――！

「って、浸ってる場合じゃないし！」

私はダッシュで北西の森へ駆けていく。

ちなみに速度上昇ＬＶ５では、五倍速の速さで走れるようになる。本当はもっと速くしてもよかったのだが、ポイント効率を考えて今回はＬＶ５で止めておいた。

いずれは別のスキルも確保する予定だし、節約するに越したことはない。

それから十分ほど北上すると、目的の森に到着した。

今夜は雲もない満月のおかげか、森の中でも視界がきいている。そして森の中にはお目当てのベビードラゴンたちが、多数うろついていた。

念のため観察眼を使って、間違いないか再チェック。

ベビードラゴン

魔物ランク：D
盗めるアイテム
竜のウロコ
盗めるレアアイテム
竜のツメ

よし、盗める品も記憶にある通り。

「それじゃあ早速盗ませてもらおうかな！」

近くにいたベビードラゴンに、絶対先制からの確定盗む。後方に跳躍しての確定逃走。

ベビードラゴンが私の姿を捉えたのは、きっとほんの一瞬だろう。ベビードラゴンは辺りをきょろきょろと見回して、なにが起こったのかもわからない様子だった。

「よし、まずは一つ目」

最初に盗めたのは竜の――ウロコだった。

私は手に入れたウロコをリュックへ放り込む。

クソデカリュックを買ってしまったため、持てる量にはまだまだ余裕がある。どうせ森までやってきたんだ、せっかくだから持てるだけ持って帰ろう。そう考えた私はスティール＆アウェイを繰り返す作業に没頭した。

だが慎重さは忘れずに。

今の私はレベル1、わずかなミスが命取りになる。

そのため回収作業をしながら、逃げた後の魔物の挙動をよく観察する。

ここはゲームがもとになった世界だが、リスポーンできない現実でもある。ささいなミスで命を落としたら笑えない。念には念を入れ、魔物の挙動を観察した結果——以下のことが判明した。

気づいたこと、その一。

一度アイテムを盗んだ魔物でも、逃げた後に再接触すれば同じアイテムを何度でも盗み直すことができる。

つまり目当ての魔物が一匹しか見つからなくても、その魔物を倒さなければ無限にアイテムを盗み続けられる。これは盗む側にとっておいしすぎる発見だ。

変なとこだけゲーム的だなぁ……ありがたいけど。

どうやら逃げを成功させると、魔物上でアイテムを盗まれたという判定がリセットされるらしい。

だが同じ魔物と再接触する際、気をつけなければならないこともある。

それが気づいたこと、その二。

一度エンカウントした魔物は、約二分ほど周囲を警戒する素振《そぶ》りを見せ始める。

同じ魔物から複数回盗む過程で気づいたのだが、逃走成功後も二分ほど索敵をやめなかった。

エンカウントなし＋絶対先制があるため大丈夫だとは思うが、警戒状態で戦闘が始まればどうなるかわからない。警戒中は接触しないほうがよさそうだ。

それだけ気をつければ、あとは盗み放題。

ベビードラゴンは目に映るだけでも十匹はいる。一度盗んだ魔物は二分の警戒に入るので、その間は別の魔物にスティール&アウェイ。

私は近くのベビドラ先生たちに盗むローテーションを組み、ひたすらウロコとツメを回収し続けた。

リュックの重みが増すごとに、顔がニヤけてしまいそうになる。いまのところ二分に一回のペースで、アイテムを回収できている。

盗めた品がすべてがウロコでも二分で5000クリルの稼ぎ、つまり一時間換算で15万クリル。

1クリルが1円ってことは前世換算で……時給15万円!?

2万クリルの衝動買いに後悔した自分がバカみたいだ。ここにいれば2万クリルなんて八分で稼げてしまう。

そう考えたら町に戻るのもバカバカしくなってきた。

そもそも現実になったクラジャンでは、プレイヤーに合わせた二十四時間営業なんてやってない。いまからニコルに戻っても、買取屋は閉まっている。

つまり盗んだウロコやツメは換金できないし、宿に泊まることもできない。

だったらこのまま寝ないで、朝まで盗み続けたほうが賢いのでは?

若干の空腹と疲れは感じているが、それ以上に脳内物質《ドーパミン》がドパドパ出て興奮が収まらない。稼げるうちに稼がないでどうすると、内なる自分がお尻を叩き続けている。それに――

「クラジャンで徹夜なんて普通でしょ」

私は単純作業も苦に思わない性格だ、そのせいでレベリングや稼ぎのやめ時がわからない。朝になろうが本格的に寝落ちでもしない限り、私は平気で十時間二十時間とプレイし続けてしまう。

転生前の世界では褒められるようなことではなかったが、いま稼いでいるのは実生活で使えるお金だ。みんなが仕事して稼いでいるお金を、私はゲームの延長上で手にすることができる。やめる理由が見つからない……！

結論は出た。

今日は帰らず、朝までスティール＆アウェイを繰り返そう。

「それが今、私のやるべきことなんだ……！」

そして私は朝日が昇るまで、稼ぎに没頭した。正確な時間は把握してないけど、多分二十時くらいから朝の五時頃まで。およそ九時間。

リュックの中身がパンパンになった頃、私は朝日に目を細めながらステータスウィンドウを開く。

確認するのはもちろん獲得したアイテムの数。

【所持アイテム】
竜のウロコ×212
竜のツメ×52

う～ん、素晴らしい。これが転生初日の成果と思えば上々だよね。

私はウキウキ気分でニコルに舞い戻り、目についた買取屋に駆け込んだ。

「おじさんっ！　買い取ってくださいっ！」

「おう、朝早くから元気だな。で、なにを買い取ってほしいんだ？」

「竜のウロコと、竜のツメです！」

「ほう？　竜の素材は希少だからどんなものでも大歓迎だ。じゃあカウンターの上に品を置いて見せてくれ」

「はいっ！」

私は背負っていたクソデカリュックを、どすんとカウンターの上にのせる。

「……これは？」

「ですからウロコとツメです！」

「おいおい、冗談はいかんよ。いくらなんでもこんなたくさんの……って、えええええええええっ⁉」

リュックの中身を見た店主は寝ぼけ眼をかっ開き、すっとんきょうな声をあげた。

「ぜ、全部で何個あるんだ？」

「全部合わせて２００個以上あります！」

「に、にひゃく⁉　ちょ、ちょっと待ってくれ。ウチに買い取るだけの現金が残ってたかな……」

店の中に引っ込んでいた奥さんも出てきてくれて、二人はいそいそと検品作業をし始めた。

現物の検品には時間がかかるらしく、待っている間に近くの椅子を貸してもらった。が、座ったと同時に爆睡。

そこで二時間くらいの睡眠をとった後、ウロコとツメの売却代金を受け取った。

もらった額は――――全部で１５８万クリル、大金だ。私は店主と奥さんにお礼を言い、買取屋を後にした。

「うひひひ、早くも大金持ちになっちゃった」

私はステータスウィンドウに表示された158万という数字を眺めてにまにまする。

ちなみにこの世界に貨幣や紙幣は存在しない。互いのステータスウィンドウを使って電子マネーを受け渡すような形になっている。アイテムを所持するためには袋が必要なのに、お金だけ完全デジタル化されてるなんて明らかにおかしい。が、ここはゲーム世界だ。便利ならそれに越したことはない。

(さて、昨日の朝からなにも食べてないし、そろそろご飯にしようかな?)

稼ぎに夢中で食事を忘れていた。どこかで軽食でも食べようかと考えていると、狙いすましたかのように甘いものを焦がしたような香りが漂ってきた。

美味《おい》しそうなニオイはたちまち空腹を加速させる。気づけば煙を上げて鶏肉を焼く、露店の前にたどり着いていた。

「うわ〜〜、めちゃめちゃ美味しそうっ!」

「嬢ちゃん、よかったら食ってきな! コカトリスの焼鳥、一本150クリルだ!」

「くださいっ!」

受け取った焼鳥を頬張《ほおば》ると、甘じょっぱいタレの味が全身に染み渡る。もも肉のプリプリした触感もたまらない。気づけば五本も注文しており、お腹は幸せな重みで満たされた。

食べ終わった後は近くの石段に腰かけて一休み。

(腹ごしらえも終えたし、冒険者ギルドでクエストでも受注してこようかな?)

ベビドラ先生のおかげでお金には当分困らない。でもクエストを達成したわけではないので、冒険者ランクはＦのままだ。

クランの立ち上げも考えてる以上、ランク上げも念頭に入れておかないとね。

食後の休憩を終えた後、冒険者ギルドでクエストを再チェック。

（う～ん。やっぱり低ランクの討伐クエストより、高ランクの採集クエストのほうがおいしいよねぇ……）

討伐クエストは戦闘を前提としたクエストだ。こちらは命の危険があるため、自分の冒険者ランクより高いものは受けられない。

だが採集クエストや捜索クエストは、自分のランクより二つ高いものまで受けられる。

おまけに採集したアイテムは、ギルドで買い取ってくれるので集めた分だけお金になる。

高ランクに設定されるような採集クエストには、別の危険も潜んでいるので注意は必要なのだが……。

（エンカウントなしと装備だけ固めていけば、これを受けても大丈夫そうだよね？）

そう考えた私は一枚の依頼書を剥がし、受付に持っていく。並ぶのはもちろんガーネットさんが担当の列だ。

「あら、リオさん。一日ぶりです！」

「はいっ、ガーネットさんに会いたくて来ちゃいました！」

笑顔のガーネットさんにしっぽを振りながら、剥がしてきた依頼書を差し出した。だが依頼書を受け取ったガーネットさんは、困惑した表情で聞き返してきた。

「って、リオさん!?　これDランククエスト、猛毒草採集ですよね？」

「はいっ！　誰も受けたがらず、報酬も良いのでぜひお受けしたいです！」

「確かに報酬は高いですけど……これってDクエストの中でもかなり危険なんですよっ!?」

「ですよねっ！」

猛毒草は触れるだけで《猛毒》の状態異常になる危険な植物だ。採集も難しく流通量が少ないので、植物の中でも高値で取引されている。

おまけに猛毒草の群生地には、毒に強い強力な魔物が潜んでいる。そのため受けたがる人が非常に少ない。

ゲーム内でもDランク屈指の難易度を誇るクエストとして知られている。パーティー全員に防毒の装備を持たせて、ようやくDランク相当というほどである。

(でも私はエンカウントしないし、お金もあるから防毒装備も揃《そろ》えられる。今の私からすれば逆においしいクエストなんだよね)

勝利を確信する私にためらう理由はない。だが事情を知らないガーネットさんは、私の身を案じて食い下がる。

「考え直しましょうよぉ。強い魔物もたくさんいるし、無理ですってぇ……」

「大丈夫です！　盗賊の私は、逃げるのだけは得意なんですっ！」

心配してくれるのは嬉しいけど、私だって引き下がれない。私はガーネットさんに自信満々の笑みで、大丈夫と言い続ける。

そんな押し問答を繰り返した末、折れたガーネットさんが一枚の書類を差し出してきた。

ランク外クエスト受託の同意書。

警告を受けたにもかかわらず、私は無謀にも挑戦しますとの覚書だ。ギルド側が無責任な依頼を勧めていないことの証明である。

「……ううっ、ちゃんと生きて帰ってきてくださいねぇ？」

「もちろんです。せっかくガーネットさんとお友達になれたんですから！」

同意書にサインを終えた私は、笑顔で手を振りガーネットさんに別れを告げる。

そのまま近場の防具屋で防毒装備を揃え、猛毒草の群生地に五倍速ダッシュ。数十分で広い湿地帯へと到着した。

湿地帯の周囲には、紫の花を咲かせた植物がたくさん生えている。

あれが猛毒草だ。

近くを歩く魔物たちも、紫や黒の肌を持つものが多い。この周辺で生まれ育った魔物は毒耐性はもちろんのこと、毒を使った攻撃をするものも多い。

「エンカウントなしがあるから接敵はしないけど……素手で触れないように気をつけないとね」

十分に注意をしながら群生地に足を踏み入れ、草むしりの要領で猛毒草を引っこ抜いていく。

背中のクソデカリュックには、詰め込もうと思えば40ｋｇくらいの物が詰められる。

採集クエストは集めた分だけ、多くの昇格ポイントを獲得できる。そのため今日はリュックがいっぱいになるまで採集するつもりだ。

これが現実のお金になると思えば、ツラいとは微塵《みじん》も思わない。

買取屋の椅子で二時間も寝たことだし、サボった分だけしっかりと採集をがんばらないと！

そうして私は作業に没頭……していたが、気づけばまったく別のことを考えていた。

それはクラジャンのプレイヤーがたどる、本来のストーリーのことだった。

◇

クラン・オブ・ジャーニーにはメインストーリーがあり、勇者と呼ばれる主人公《プレイヤー》が存在する。

主人公は覚醒の儀で最初に《勇者》の才能をさずかり、《聖女》をさずかった少女と合流。王の勅命で二人は魔王討伐の旅に出る、それがクラジャンのストーリーだ。そして主人公《プレイヤー》は複数の才能を獲得したり、主人公転生を重ねることで大量のスキルポイントを獲得することができる。

だが私は勇者や聖女ではなく、盗賊の村娘として転生した。すると当然、ひとつの疑問にぶち当たる。

(この世界に勇者って誕生してるのかな?)

勇者が旅を始めるのは、西にある旅立ちの村。

王国東に位置するニコルとは正反対の場所にある。

もしこの世界に勇者が誕生していれば、二人のことはいつか耳にするかもしれないね。

そんなこんなで採集を始めて八時間。クソデカリュックが猛毒草でいっぱいになった。

辺りは既に暗くなり、湿地からは虫やカエルの鳴き声が聞こえている。

……さすがに疲れた。現実世界でも丸一日の草むしりなんてしたことない。握力の使いすぎで手には力が入らず、屈《かが》み続けたせいでスネと腰はガクガクである。

なんとか震える足腰を立たせ、町に戻ろうと踏み出したところで――ようやく致命的な問題に気づく。

（40ｋｇって……重すぎるっ!!）

養護院では食べさせてもらう代わりに、色々な仕事を手伝わされていた。そのため普通の女子より力はあるが、さすがに無茶な量だったかもしれない。

だが時間をかけて集めた猛毒草だ、これを捨てるなんてとんでもない。

「絶対に一束たりとも捨てたりせんぞぉっ……！」

私は執念でリュックを担ぎ上げ、足をプルプル震わせながら帰路へとつくのであった。

ニコルに到着したのは深夜、当然のごとく冒険者ギルドは閉まっている。

（仕方ない、今日はさすがに宿に泊まるかぁ）

ガーネットさんに教えてもらった筋骨隆々亭に行き、空いていた一室を24万クリルで長期契約した。

女性の安心できる宿、という謳《うた》い文句は伊達《だて》じゃないみたいで、通路には鎧《よろい》を着た女性の警備兵が立っている。

頑丈な鍵のかかった部屋に入り――ベッドにそのまま飛び込んだ。

「はぁ～～～、つっかれたあぁ～～～～……」

丸一日草むしりをした後、40ｋｇの荷物を持ち帰ったのだ。疲れてないはずがない。

（現実のクラジャンではアイテムの重さとか気にしなきゃいけないのか、めんどくさいなぁ……）

ゲームでは当然、アイテムの重さなんて気にならない。薬草999個もエクスカリバー999本でも重さはゼロだ。

それなのに重さや収納量を気にして、採集をたった八時間で切り上げなければならなくなった。

これはあまりに理不尽というものだ。

——と、そこで私はとても重要なことを思い出してしまった。

「そういえば勇者と聖女が王様に謁見《えっけん》した時、なんでも入るバッグをもらってたよね……」

名前はマジックポーチ。

かわいいデザインだからと聖女が身につけていた、肩掛けタイプのポーチだ。

サイズは小型でありながら、アイテムを無限に収納することができる。この世界ではおそらく魔道具《マジックアイテム》と呼ばれるものだろう。

勇者と聖女の将来を見込んで、王様がタダでプレゼントしたものだ。もしあれが複数存在するのであれば、なにがなんでも手に入れたい。

そうすれば収納限界や重さに悩むことはない。十時間でも二十時間でも好きなだけアイテム収集をすることができる！

(よし、必ずマジックポーチを手に入れてやる……！)

私はふかふかベッドの上でまどろみながら、新たな野望に胸を燃やすのであった。

リオ

才能

▶ 盗賊（レベル：1）

スキルポイント：860
所持クリル：130万7000クリル

装備品

防毒のローブ(E)
防毒の手袋(E)
防毒のブーツ(E)
防毒のペンダント(E)
クソデカリュック(F)

習得スキル

エンカウント率減少【LV：20】／先制成功率上昇【LV：20】／逃走成功率上昇【LV：20】／盗む成功率上昇【LV：20】／ダッシュ速度上昇【LV：5】／観察眼

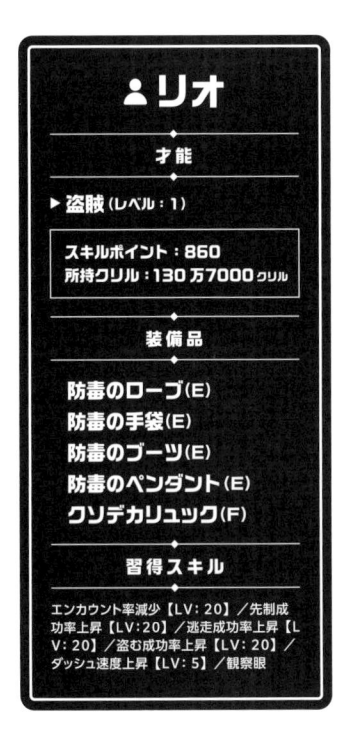

Episode2　ランク昇格&のじゃロリ縫製師

翌日。私は朝一で冒険者ギルドに向かった、背中に膨れ上がったリュックを担いで。

「リオさん、おはようございます！　……って、今日はずいぶんと大荷物ですね？」

「はい。猛毒草を採集してきたのでっ！」

言いながらクソデカリュックをカウンターの上にのせる。

どさりと音を立てて置かれたリュックからは、紫の怪しげなオーラが迸《ほとばし》っている。

「えっ？　これ、全部ですか……？」

「はい。確認する時は気をつけてくださいね、猛毒草なんで」

「えぇぇーーーーっ!?」

ガーネットさんは大声をあげて飛び退《の》くと「ちょっと待っててください！」と言って、先輩職員のところへ確認に行ってしまった。

だが話はそれだけに留《とど》まらず、別の男性職員も交えて話し合いが始まった。ややあって意見もまとまると、ガーネットさんが緊張した面持ちで戻ってきた。

「と、とりあえず猛毒草はお預かりします！　これから採集量を確認しますので、夕方ごろに来てください！」

「夕方、ですか。結構時間かかるんですね？」

「当たり前じゃないですかっ！　触ると死んじゃうかもしれないんですよっ⁉　それをこんなにもたくさん！」

「やっぱり多かったですか？」

「多すぎますっ！　リュックいっぱい持ってくるなんてどうかしてます！」

ガーネットさん曰《いわ》く、猛毒草は危険なので、10束も持ち帰ってくれば御《おん》の字だったらしい。

「それにあの地域には危険な魔物も多かったはずですよ⁉」

「言ったじゃないですか、逃げるのは得意だって」

「得意で済むような問題じゃない気もしますけど……まあいいです」

そう言ってガーネットさんはため息をついた後、少し困ったような顔で微笑《ほほえ》んだ。

「……でも、ありがとうございます。猛毒草は供給量が少ないので助かりました」

「いえいえ！　ところで、ひとつお伺いしたいんですけど」

後ろに順番待ちの人がいないことを確認してから質問する。

「この町にマジックポーチを売ってる場所はありませんか？」

「マジックポーチ、ですか。ずいぶんとすごいものを欲しがるんですね」

「やっぱりお高いんですか？」

「それはもちろん。すぐれた収納袋は倉庫の代わりにもなりますし、行商人が荷馬車で移動する必要もなくなりますから」

なるほど。現実にチートアイテムがあると、そんな使い方ができるのか。そのような応用ができるなら、マジックポーチはゲームよりも役立つに違いない。

絶対に手に入れないと！

「お金はなんとしても用意するつもりです。なので売ってる場所を教えてもらえれば！」

「うーん、でもお店に並ぶものでもないですからね。どうしても手に入れたいのであれば、高レベルの縫製師さんを探したほうが……」

「——最近、レファーナが帰ってきたんじゃなかったかい？」

近くにいた糸目の受付嬢が、会話に割り込んでくる。

「ニコルの郊外にアトリエを持つ、縫製師レファーナ。彼女ならマジックポーチも作れるんじゃないかい？」

「あっ、そうですね！　しばらくニコルに滞在予定とも伺いましたし！」

「彼女は国からの仕事も受ける、スゴ腕の縫製師だ。レファーナならきっと、金さえ積めば作ってくれるだろう」

「本当ですかっ⁉」

近くにそんなすごい人がいるなんてツイてる。

しかもマジックポーチが作れるなら、高レベルの縫製師に違いない。個人的な興味もあるし、ぜひお近づきになってみたい。

「もしご存じなら、お住まいを教えてくれませんか！」

「ちょっと待ってな、地図を描いてあげるよ」

「ありがとうございます！」

私は手描きの地図を受け取ると、お礼もそこそこにギルドを飛び出していった。

「あ、ちょっと⁉　……行っちゃった。自由気ままな子だねぇ」

「ええ、本当に。それに初クエストで猛毒草をあんなに持ってくるなんて、ぶっ飛んでます」

「いいじゃないか、面白くて。むさ苦しい冒険者ばかりより、あの子みたいなのがいてくれたほうが楽しいよ」

——受付嬢の二人にそんな話をされているとは露知《つゆし》らず。

私はもう、地図に描かれていた郊外の一軒家に到着していた。

周辺にはご近所と呼べるような家もなく、ここが町の区画内か疑ってしまうほど寂れている。

私はおそるおそる家の扉に近づき、軽くノックして声をかけてみる。

「すみませーん、ここはレファーナさんのアトリエですかー？」

中からの返事を待ち、黙り込む。が、返答はない。

念のため扉をもう一度叩《たた》くと——カギがかかってなかったせいか、扉が開いてしまった。

「……あの〜、レファーナさんいますか〜？」

申し訳ないと思いつつ、家の中を覗《のぞ》き込みながら声をかける。だが家主は出かけているのだろうか、中には誰の姿もない。

仕方ない、出直そう。

そう思い扉を閉めようと思ったのだが……ところ狭しと置かれる、色とりどりの生地に目を奪われる。

エスニックな紋様の生地もあれば、キメ細かい金箔《きんぱく》をちりばめた生地もある。鎧《よろい》などの防具も手掛けているのか、胸当てや肩当てなどのパーツがそこら中に転がっている。

（すごい！　これが高ランク縫製師のアトリエなんだ！）

私は感動すると同時に、好奇心で観察眼を起動した。転がっている生地などの鑑定をしてみたくなったからだ。

だが観察眼を発動すると、いままで見えなかったフード姿の幼女が目の前に現れる。

幼女は杖《つえ》をこちらに向け、敵意のこもった目で私を睨《にら》みつけていた。

――瞬間。本能的な危険を感じ、私は家の扉から外に飛び退いた。すると私の立っていた場所に、火炎球《ファイヤーボール》が放たれる。

避《よ》けた火炎球《ファイヤーボール》は丘の向こうに飛んでいき――遠くで大爆発を巻き起こした。

（あ、危なかったあ……）

観察眼の発動が遅れていれば直撃していただろう。

私は再びアトリエのほうに視線を戻す。するとフードを外した銀髪褐色肌の幼女が、不機嫌そうな顔で私を睨んでいた。

「お主、何者じゃ？　人の家にズカズカと上がりこんできおって！」

「うわっ、のじゃロリだ！」

「……ノジャロリ？　お主は一体なにを言っておるのじゃ？」

「あっ、いえ、なんでもないです」

純正のじゃロリに出会えた感動が大きく、思ったままを口にしてしまった。

「驚かせてしまってすみません。声をかけても返事がなかったもので」

「お主の声なぞ聞こえている、だが無視したのじゃ」

「えっ、なんですか⁉」

「当たり前じゃろ、アチシは天才縫製師レファーナ様じゃぞ？　なんで小娘ごときに仕事のジャマをされねばならんのじゃ」

「えっ。あなたがレファーナさん本人なんですか？」

「いかにも。なにか文句でもあるのか？」

「い、いえいえっ！」

文句はないけど、驚いた。

背丈は私の肩くらいまでしかなく、パッと見は小学生くらいだ。けれど話しぶりに貫禄もあるし、本人というならきっと本人なんだろう。

「しかし先ほどの火炎球《ファイヤーボール》、よく避けられたな？」

「あっ、はい。観察眼を使ったらレファーナさんの姿が見えたので」

「……観察眼、か。それでステルスフードを被《かぶ》っていたアチシを見つけられたのじゃな」

「ステルスフード？」

「このフードを被った者は、敵から視認されなくなる。観察眼を使われたことで、存在ごと見破られたのじゃろう」

「な、なるほど」

「しかしスキル観察眼持ちということは……お主、盗賊か？　空き巣にでも入りに来たのか？」

「違いますよっ！」

空き巣と思われるのは心外だ。

【盗む】は魔物にしか使わない。人から盗んでしまえば、この世界で嫌われる盗賊そのものになってしまう。

私が必死に無実を訴えると、レファーナさんは肩の力を抜いて笑いながら言った。

「冗談じゃ、家を覗き込んでいたお主に、そんな素振《そぶ》りはなかったからの」

「本当に信じてくれてます⁉　そう思ってたなら攻撃しないでほしかったんですけど！」

「あれくらい挨拶《あいさつ》みたいなものじゃろ」

どこまで本気なのかわからないが、とりあえず疑いは晴れたらしい。レファーナさんは私をアトリエに招き入れた後、手近な椅子に座らせてお茶の用意までしてくれた。

先ほど攻撃してきたのがウソのような厚待遇だ。

「飲め、東の国から取り寄せたハーブティーじゃ」

「あ、ありがとうございます」

「……で、お主はなんの用でここに来たのじゃ？」

さっさと用件を話せ、と頬杖《ほおづえ》をつきながら聞いてくる。

「実はですねっ、レファーナさんにマジックポーチを作ってほしいんです！」

「マジックポーチか、いいじゃろう」

「えっ、本当に作れるんですか⁉」

「もちろんじゃ。アチシの縫製師レベルは60じゃ、他愛《たわい》もないわい」

「すごいっ！　それでお代はいくらになりますか？」

「4000万クリルじゃ」

「よ、よんせんまんっ⁉」

予想していた数倍の金額を提示され、思わず聞き返してしまう。

「当然じゃろう。マジックポーチは空間圧縮法と呼ばれる魔術を、持ち運び可能なサイズに収めたSSランクの魔道具《マジックアイテム》じゃ。そんな簡単に作れるわけなかろう？」

返す言葉もない。私が口を閉ざしていると、レファーナさんは目を細めて、からかうような口調でこう告げる。

「無理なら背伸びはせず、適当な収納袋でガマンしておくのじゃな。ああ、もしくはこっちの失敗作を買ってくれ」

そう言って、近くにあったポーチを片手で持ち上げる。

「失敗作じゃが幌馬車《ほろばしゃ》一杯分は収納できる。こっちであれば……そうじゃな、1000万クリルで売ってもよかろう」

「そ、それでも1000万クリルですか……」

「当然じゃろ。このサイズで幌馬車が不要になるのじゃ、欲しい商人はごまんといるじゃろう」

「確かにそうかもしれませんけどぉ」

レファーナさんの言うことは、至極もっともだ。

だが、あきらめられない。

スティール＆アウェイの無限周回に耐えられるのは、重さを無視しつつ無限収納できるマジックポーチだけ。

それにマジックポーチは本来、チュートリアルで手に入るものだ。つまりそれを持ってない私は……クラジャンプレイーヤー失格ということだ！

そんなの耐えられない。私にとってクラジャンは人生であり、人権であり、呼吸だった。

マジックポーチを持たずに世界を謳歌《おうか》するなどありえない、クラジャン廃人の名折れである。

ていうか勇者と聖女は４０００万クリルの品をタダでもらってたの？　いくらなんでも優遇が過ぎるでしょ！

「値段を聞いて即決できないならやめておけ。不相応な買い物は身を滅ぼすぞ？」

「ぐっ……！」

容赦のない正論に思わず歯噛《はが》みする。が、悔しがっていても仕方ない。

よくよく考えれば４０００万クリルは手の届かない額じゃない。単純計算すればベビードラゴン相手に２３０時間盗み続ければいいだけだ。寝なければ十日で達成できる、なんだ余裕じゃん。

「とりあえず今は引き下がります、でも待っててくださいね？　必ず４０００万クリル、耳を揃《そろ》えて持ってきますからねーーーっ！」

私は小悪党っぽい捨てゼリフを吐きながら、レファーナさんのアトリエを後にするのだった。

◇

それから軽く昼食を取った後、私は冒険者ギルドに戻った。すると推しの大天使ガーネットさんが、こちらに向かって手を振ってくれた。

「リオさーん、ちょうどいいところに来てくれましたね！」

「お疲れ様ですっ。猛毒草の検品はもう終わってます？」

「はいっ。よければ依頼達成の手続きを済ませてしまいましょう！」

「お願いします！」

まずは結果報告から。

私が持ち帰った猛毒草は全部で743束あったらしい。つまり金額は——

「1束3000クリルでの買い取りとなりますので、お渡しできる報酬額は……なんとなんと、222万9000クリルになりますっ！」

「あっ、はい。ありがとうございます」

(八時間の草むしりで約223万クリルかぁ。ベビドラ先生よりは稼げるけど、草むしりのほうが重労働なんだよねぇ)

昨日、筋骨隆々亭で一ヶ月分の宿泊費24万クリルを先払いした。

そこに手持ち金を合わせると353万6000クリル、4000万はまだ遠い。

と、私が考え込んでいるとガーネットさんが不思議そうな顔をしていた。

「……どうしたんですか、ガーネットさん？」

「い、いえ。クエスト報酬がこんなにたくさん出たのに、あまり嬉《うれ》しそうでもないなぁと思って」

「えっ!?　い、いや、そんなことないですよ！　驚きで言葉を失っちゃっただけです！」

おっと、いけない。

私は冒険者になったばかりのFランク冒険者だった。

クエストと関係ないところで約150万クリルを稼いだせいで、感覚がマヒしていた。

相場で言えばDランクの討伐クエストでも、せいぜい10万クリルもらえるかどうかだ。それなのに220万クリル以上も受け取って平然としてるなんてありえない、不自然すぎる。

これから報酬を受け取る際は、大げさなくらい喜んだほうがいいかもしれない。

「そしてこちらが新しいライセンスです。リオさんは本日をもってFランク冒険者から……Dランク冒険者に昇格しました！」

「えっ、飛び級ですか？」

「あんなにたくさんの猛毒草を持ち帰ってくれたんです、当然ですよ！」

採集クエストでは採集量によって、冒険者ランクの昇格ポイントも変化する。

10束でも御の字と言われていた猛毒草を、743束も持ち帰ったのだ。飛び級になるのも当然といえば当然だ。

しかも普通の冒険者にしてみれば、猛毒草の採集はなかなかの大仕事だ。

私はただ草むしりをしてればいいだけだが、普通は採集中に魔物との戦闘も発生する。私は知らず知らずのうちに、昇格ポイント的にもおいしいクエストを選んでいたらしい。

（……草むしりは大変だけど、これなら猛毒草の無限周回も悪くないかも？）

お金も昇格ポイントも稼げるなら、しばらくこのクエストだけを受け続けてもいいのかも。しんどい日々が続くけど、マジックポーチのためなら耐えられる。

「ねえ、ガーネットさん。次も猛毒草採集のクエストに挑戦してもいいですか？」

「ごめんなさい。猛毒草の採集は前回の分で終わりなんです」

「は⁉　採集クエストって常に募集してるんじゃないんですかっ？」

「基本はそうなんですけど……今日リオさんが持ってきた分で、一年分くらいの必要量が集まっちゃいましたから」

(必要量⁉　つまり現実のクラジャンには、ちゃんと需要と供給があるってこと⁉)

思わぬ落とし穴に頭を抱える。

すると単純に同じものを集め続ければいい、というわけにもいかなくなった。ベビドラ先生のウロコやツメも、持ち込み続ければいつかは買い取り拒否されるかも。

一瞬でも手が届きそうだと思えたマジックポーチが、また遠く霞《かす》んでいってしまう。

(くっ！　あきらめるな、考えろっ！　私はクラジャン廃人だぞっ！)

別のクエストを探し求め、腕組みしながら掲示板に向かっていく。

だが手頃な採集クエストは見つけられない。すると討伐クエストに参加し、そこで報酬を稼いでいくしかない。

今日まで必要に迫られなかったので、才能レベルはまったく上げていない。だがレベル1のソロ盗賊ではFランクの討伐クエストすら達成できないだろう。

少しでも攻撃力を上げるために、なにか強い武器でも買う?

それとも強いパーティーに交ぜてもらって、パワーレベリングでもしてもらう?

いや、違う。

才能レベルを上げるのは稼ぐ手段であって、目的じゃない。でもさすがにそろそろレベリングも念頭に……。

色々なアイデアが浮かんでは消えていく。だがどのアイデアもパッとせず、悩めば悩むほどマジックポーチが霞んでいく。

しかし掲示板をふと見上げた時、思わぬ形で正解が姿を現した。

掲示板の一番上に貼り出されている、手垢《てあか》のついてない依頼書。そこにはSランクダンジョン《奈落》の文字が記されていた。

『ニコル北部のSランクダンジョン・奈落にて、聖火炎竜団が消息を絶った。彼らの捜索に協力、痕跡を発見した者に相応の報酬を出す。ギルドマスター：グレイグ』

依頼書には、そう書かれていた。

（あれ、これってもしかして……）

なにか思い出せそうな感覚に陥ったと同時、近くにいた冒険者たちの話し声が耳に入ってきた。

「なあ、見たか？　Sランククエストの依頼書」

「あれだろ？　Sランクパーティー、聖火炎竜団の捜索願」

「もう三ヶ月も帰ってきてないらしいぜ。マジで全滅したんじゃないかってウワサだ」

「アイツら酒場でよく言ってたもんな。未踏破の二〇層ボスは絶対に俺たちが倒すって」

「でも三ヶ月も帰ってこないってことは……そういうことだろ？」

「だろうな。でもニコル周辺にはSパーティーもいないし、こんなクエスト誰も受けねえよ……」

そこまで聞いて、ようやく思い出した。ニコルの北には大陸でも数少ない、Sランクダンジョンが存在する。

ダンジョン名は奈落。

第一層からAランク以上の魔物が現れる、超高難易度ダンジョンだ。

一層でも推奨レベルは60、一〇層ボスに挑戦するならレベル70は欲しい。

しかも最深部は五〇層。

もし最下層まで踏破するつもりなら複数の才能を獲得し、レベルも100前後まで育てる必要がある。制作陣からゲーマーに向けた、挑戦状ともいうべきダンジョンだ。

登場する魔物は強力だが経験値も多く、ドロップアイテムも豪華。リリース当初から存在する標準《デフォルト》ダンジョンということもあり、奈落の踏破はプレイヤーにとって一つの到達点だ。

（なんで、なんでいままで思い出さなかったんだろう……！）

転生してからは目先のことばかりに追われてきたからだろうか。クラジャン廃人として奈落を忘れていたなんて……恥ずかしいっ！

だが、これでやることは決まった。

奈落を思い出した以上、挑むべき稼ぎの方法はひとつしかない。

私はギルドを飛び出して携帯食料を買い込み、北にあるSランクダンジョン——奈落に向けて走り出したのだった。

Episode 3　Sランクダンジョン《奈落》

「うわ、なつかしい！　ゲームの時と同じ外観だ！」

遺跡でも発掘しているような窪地《くぼち》に、ぽっかりと開いた横穴。あれが奈落の入り口だ。

入り口の前には二人の見張りが立っている。

弱い冒険者がうっかり入ってしまわないよう、入り口にてライセンスの確認を行っているのだ。

もちろんDランクの私に、奈落の探索許可なんて出るはずもない。でもそんなことは気にせず、正面から堂々と入り口に向かっていく。

……が、見張りは私のほうを見ようともしなかった。いや、見つけることができないのだ。

（やっぱりエンカウントなしは、人間の目も誤魔化せるみたいだね）

ニコルに到着した時に検証した通り。こちらから声をかけない限り、私は透明人間だ。

心の中で「……お務め、ご苦労さまです」と挨拶《あいさつ》し、何事もなくダンジョンに入っていった。

（よりにもよって初めて入るダンジョンが、Sランクだなんてねぇ……）

魔物の強さにかかわらず、スキルが有効であることは検証済みだ。

もし気をつけるなら十層単位で出現するフロアボス戦だけ。ボス戦では確定逃走でも逃げられないので、立ち寄るつもりはない。それに金策だけなら一層を回るだけでも十分だ。

そうして入り口の狭い道を進んでいくと――剥《む》き出しのクリスタルが光る、大空洞へと到着した。

「……すごい。これが本物の、クリスタル！」

見る角度によって異なる輝きを映し出すクリスタル。ゲームグラフィックとは比べものにならない美しさに、私は思わず息を呑《の》む。

この世界のダンジョンは、場所ごとに特徴的な内観に彩られている。

灼熱《しゃくねつ》のマグマが流れているダンジョンもあれば、青空の見える草原だったりもする。そして奈落は見ての通り、クリスタルの生えた洞窟というワケだ。

（……っと、見惚《みと》れてばかりいられないよね）

ここは高ランク冒険者でもあっさり死にかねないほど危険な場所だ。いくらエンカウントなしがあるとはいえ、うっかり魔物に肩でもぶつければ戦闘が始まってしまう。気を引き締めていかないと！

十分に警戒しつつ、お目当ての魔物を探しまわる。私が求めているのは一層に生息する中でも、小型に分類される魔物だ。

体長四メートル近くあるレッドドラゴンでもないし、鋭利な牙を持つブリザードフェンリルでもない。

時間をかけて念入りに探索していると……壁沿いに動くなにかを発見した。

そこには複数体で行動する虫っぽいなにか——長い尾を持つ、瑠璃《るり》色のサソリだった。

（き、きたっ！　アダマンタイト・スコーピオンだ！）

お目当てを発見した私は、観察眼でステータスをチェックする。

アダマンタイト・スコーピオン

魔物ランク：A
盗めるアイテム
毒消草
盗めるレアアイテム
アダマンタイト

クラジャンにおける最高金策のひとつ。通称サソリ狩り。

このサソリ君から手に入るアダマンタイトは、高ランク武器や防具を錬金できるため需要がとても多い。

また錬金素材に使用できるだけではなく、売却すれば２００万クリルの値段がつく。

それだけ聞くと大変おいしい魔物だが、奈落に出現するだけあって強敵だ。

基本五匹以上の群れで出現し、毒や麻痺《まひ》などの状態異常をバンバンかけてくる。推奨レベルに達したばかりでも、対策していなければ苦戦は免れない。

しかもアダマンタイトは倒して手に入るドロップ枠にはなく、【盗む】レア枠のみ。

そのため真の意味でサソリ君をおいしいと思えるのは、盗賊を組み込む余裕のある強力なパーティーのみ。

ソロでスティール&アウェイを使える私にとっては、最高の獲物である。

気配を悟られないようゆっくり深呼吸をした後、アダマンタイト・スコーピオンに向かって――

【盗む】っ！

同時、接敵を悟ったサソリ君たちが一斉に顔を上げる。だが気づかれた時には、後方へと飛び退《の》いた後。左手には盗んだ毒消草が握られており、サソリたちは敵の姿を見失っている。

……戦闘、終了。

（よしっ！　Aランクの魔物にもちゃんと通用するみたいだ！）

こうなったらもう、あとはやりたい放題である。

群れになっているサソリ君に向かって、何度も何度もスティール&アウェイを繰り返した。

同じ個体から何度も盗めるのはベビドラ先生で検証済み。複数の群れがいれば盗むローテーションを組めたのだが、あいにく別の群れは見当たらなかった。

まあ、それはそれで仕方ない。

目の前の群れにスティール&アウェイを繰り返せば、いつかはアダマンタイトが手に入る。

ひとつ誤算だったのは、サソリ君の警戒心がベビドラ先生より強かったことだ。ベビドラ先生の警戒時間が二分だったのに対し、サソリ君は警戒五分と少し長かった。

つまり一時間に行えるアダマンタイトチャレンジは約十二回。試行回数は多くないが、リターンはこれまでの比にならない。

根気強く、そして慎重に。

そして約四時間が経過した頃――ついに毒消草とは違う、重みのあるものを左手が掴《つか》んでいた。

（やったーーーー！　ついに初アダマンタイト、ゲットだぜっ！）

瑠璃色に光る丸型の鉱物、アダマンタイト。実物を手に取ってみると、売るのが惜しいほど美しい。

だが志は高く、貪欲に。

まだこれで200万クリルだ、マジックポーチの4000万クリルには程遠い。

気を緩めないようにひとつ深呼吸。小休憩に買い置きしておいた干し肉をかじっておく。

ほのかな塩分が疲れた体に染み渡る。思えばこの四時間、ずっと気を張りっぱなしだった。

でもせっかく奈落まで足を運んだのだ。今日は満足いくまでアダマンタイトを回収しておきたい。

一個の単価も高いし、重さも気にしなくていいだろう。せっかくなので十二時間は粘りたい。

スティール＆アウェイの間隔が長いと、どうしてもヒマな時間が気になってしまう。これがゲームの脳死周回なら同時にアニメを見たり、別のソシャゲを回したりしていたが、娯楽の少ない世界ではなかなかいいヒマ潰《つぶ》しが思いつかない。

するとこの世界で生まれた私《リオ》の意識が「じゃあニコルの古書館で本でも借りてこない？」とリクエストを入れてくる。

なるほど、それもいいかもね。ゲーム知識では補えない部分を空いた時間で吸収しておかないと。

そうこう考えているうちに、サソリ君の警戒も終わったようだ。

口の中でふやけた干し肉を飲み込み、私は再びスティール＆アウェイを繰り返す。

そしてアダマンタイトを盗み続けること――十二時間。

8個目を手に入れたところで、今日の周回作業を終えることにした。

「……さ、さすがに疲れたなぁ」

初ゲットまでは四時間かかったが、その後は引きが良く一時間1個ペースで盗むことができた。

収納袋の中にはアダマンタイトのほか、毒消草がたんまりと詰まっている。

実はこれでも減らしたほうだ。無数に手に入るハズレの毒消草は、途中から重さが気になり捨てざるを得なかった。

そもそもいまの私は毒ったらすぐ死ぬほどザコいし、溜《た》め込んで売っても3クリルにしかならない。

最初はもったいなくて捨てられなかったが、五時間を過ぎたあたりですべて捨てることにしてしまった。

それでも袋には全部で2kgくらいの毒消草×70が残っている。色々と中途半端な人間でスイマセン……。

こうしてアダマンタイトの回収を終えた後。私は一層をぐるりと回り、落とし物がないかを確認してみた。

現在、奈落に挑戦したSランクパーティーが行方不明になっている。そのことを思い出したのだ。

だが手がかりとなりそうなものは見つからなかった。

冒険者たちの話を盗み聞く限りでは、二〇層ボスに挑戦するというようなことも耳にした。そんな彼らが一層で全滅するとは思えない。

だが捜索依頼を出す人がいるなら、彼らの帰りを待つ家族や友人がいるはずだ。できる限り協力はしてあげたい。

（まだレベル1の私じゃ一〇層ボスすら倒せないけどね……）

もし私が挑戦できるレベルに到達したら必ず受けてあげよう。もちろんそれまでに達成者が現れるかもしれないけどね。

そんなことを考えながらダンジョンの外に出ると、辺りは既に真っ暗だった。十二時間も潜っていたのだから当然だろう。

出口に立っていた見張りは別の人に代わっていた。私は心の中で「お疲れ様」と挨拶し、その場を後にした。

（しかし、アダマンタイト8個かぁ）

ゲーム世界と変わらず200万クリルで売れれば、これで1600万クリルの稼ぎになる。

現在の手持ちは353万クリルなので、1953万クリル。もう4000万クリルの折り返しまで稼いでしまった。

最初に聞かされた時は途方もない金額だったが、あと数回探索すれば問題なく到達できるだろう。

やっぱり盗賊は便利だ、これが最底辺の才能だなんてありえない。盗賊に転生できてよかったと心から思える。

（でも主人公の勇者に転生してれば、マジックポーチはタダで王様にもらえたんだよね……）

その事実に気づくと、疲労の波が一気にやってきた。筋骨隆々亭に帰り着いた私はベッドに体を投げ出し、朝まで泥のように眠るのだった。

◇

翌朝。

アダマンタイトを換金するため、先日も世話になった買取屋へと赴いた。

「おじさんっ、買い取りをお願いします」

「おう、先日の嬢ちゃんか。今日は一体どんな品を持ってきてくれたんだい？」

「こちらです！」

私は8個のアダマンタイトをカウンターの上に転がした。

「なんだか綺麗《きれい》な色をした鉱石だな。これは確か…………アダマン、タイト？」

「そうです！　全部で8個あります！」

「あ、アダマンタイトが8個……!?」

店主は開いた口をふさぐことができず、呆然《ぼうせん》とした表情でそのまま立ち尽くす。

そして我に返った後、申し訳なさそうな顔でこんなことを言った。

「……お嬢ちゃん、悪いけど買い取りは2個までにさせてくれ」

「えっ、どうしてですか!?」

「買い取るだけの現金《キャッシュ》がないんだよ。朝一でこんなものを買い取ったら、店が回らなくなっちまう」

(くうっ!?　またしても現実クラジャンにこんな罠《わな》がっ!?)

ゲームのようにすべてが都合良く回るわけではない。私がどんなにチート技術を駆使しようとも、現実にそれがついてきてくれないっ……！

それから私は六つの買取屋を回ったが、追加で売れたアダマンタイトは2個だけだった。買い取れないと言われた時は絶望のあまり気絶するかと思った。

どうやら資産のある店でなければ、買い取ったアダマンタイトを捌《さば》くのも一苦労らしい。

（まさか転生先で経済の勉強をすることになるとは思わなかったっ……！）

手元にはまだ4個のアダマンタイトが残っている。

数日経《た》てばまた買い取ってくれるだろうが、お金に替えることがこんなに大変とは思わなかった。

（……レファーナさん、結構お金持ちって感じだよね。だったらアダマンタイトを直接買い取ってくれないかな？）

そう考えた私はアトリエに直行。レファーナさんの前で4個のアダマンタイトを転がしてみた。

「ア、アダマンタイトを4個じゃとっ⁉」

いいリアクションを摂取した私は、口角をニチャァと歪《ゆが》め上げる。

「お主、これをどこでっ⁉　まさか犯罪に手を染めたのではあるまいなっ⁉」

「これは魔物から回収してきたものですよ、人や宝物庫から盗《と》ってきたわけじゃありません」

「アダマンタイトを持つ魔物じゃと？　お主、そんな魔物に挑戦できるほどの冒険者じゃったのかえ？」

「いえ、冒険者ランクはDですけど……」

「であれば、ますます怪しかろう。アダマンタイトはAランク、もしくはSランク相当の魔物しか持っておらんハズじゃ」

ううっ、さすがに詳しい。

ここで物の出所《でどころ》を教えなければ、換金できた分のお金だって受け取ってもらえないかもしれない。どのように持ってきたかを伝えなければ、疑いが晴れることはないだろう。

レファーナさんからの信用は絶対に勝ち取る必要がある。そのためには……戦術くらいは明かす必要がありそうだ。

うかつに転生やら引き継ぎやら、ゲーム世界なんて話はできない。余計なことまで説明すれば頭のオカシイ人と思われ、余計に信用を失ってしまう。

上手《うま》く誤魔化しつつ……ほどほどに。

「実は私、初期スキルポイントを多くもらった、ちょっと特別な盗賊なんです」

「特別？」

「はい。盗賊にはエンカウント率減少ってスキルがあるんですけど、これを【LV：20】まで上げて使うと……えいっ」

「なっ⁉　消えた⁉」

「消えてませんよ」

声を出した瞬間、レファーナさんと再び視線が合う。

「いまのはエンカウントなしというスキルです。エンカウント率減少にポイントを極振《きょくふ》りしたら、人にも魔物にも見つからなくなりました。レファーナさんのステルスフードみたいでしょ？」

「た、確かに」

「私はこの技を使って奈落に行き、魔物からアダマンタイトを盗んできたんです」

「奈落？　まさかSランクダンジョン《奈落》のことを言っておるのか!?」

「はい！　これさえあれば好きな魔物とだけ遭遇できますから」

「お主の話が真実だとして、どうやって奈落の魔物相手に盗みを働くつもりじゃ？　奈落に棲《す》み着いているのはSランクパーティーが苦戦するほどの、超強力な……」

「百聞《ひゃくぶん》は一見にしかず！　ついてきてくださいっ！」

「お、おいっ!?」

私はレファーナさんの手を掴み、実際にスティール＆アウェイを見てもらうことにした。

最初に見た時は「こんな反則みたいなことができるとは……」と驚いていたものの、気づけば「アレを盗んでこい」「今度はコレを盗んでこい」と使い走りのようにされていた。挙句の果てには……。

「なあ、リオ。次はあそこにいるオークの腰巻きを盗んでこい」

「イ、イヤですよっ！　中身が見えちゃうじゃないですか!!」

「見てみたいとは思わんのか？」

「思いませんっ！」

と、悪ノリにも付き合わされたが、入手方法については信じてもらうことができた。

実演が終わった後。

私たちはアトリエに戻り、レファーナさんの淹《い》れてくれたハーブティーでのどを潤した。

「で、リオはマジックポーチの代金代わりに、直接アダマンタイトを持ってきたというわけか？」

「はい。買取屋をいくつか当たったのですが、断ってくるお店も多くって……」

「じゃろうな。ひとつ200万クリルもする錬金素材など、豪商でもなければ捌くにも一苦労じゃ」

「みたいですね……回収するのに必死で、その先まで考えてませんでした」

「ふふん、やれることは一流でもまだまだ小娘じゃのう」

「むうっ、子供扱いしないでくれません？」

私がむくれてみせると、レファーナさんはキシシと笑ってみせた。

「まあよい。リオの望み通り、ひとつ200万クリル換算で受け取ってやろう」

「本当ですか!?」

「ああ。アチシほどの縫製師にもなれば、商人連中にもコネがある。アダマンタイトの数十個、軽く捌いてやるわい」

「ひゅ〜！　さっすがぁ、レファーナさん最高！」

「ふふん、もっと褒めたたえるがよい」

レファーナさんが両手を腰に当て、胸を反らしている。

(褒められてドヤるなんて、意外にかわいいところもあるなぁ)

第一印象はお世辞にもいいとは言えなかったが、今ではイタズラ好きのお姉ちゃんくらいの親近感を持っている。

天涯孤独の私にとって、人とのつながりはそれだけで宝物だ。

どこか温かい気持ちに包まれていると、不意にレファーナさんの顔から笑みが消える。

「――では、いまからお説教タイムじゃ」

「えっ」

和やかな雰囲気はどこへやら。

私の目を見据えたレファーナさんは、緊迫した空気を纏《まと》っている。

「リオの盗賊スキルがすごいことは、じゅ～～ぶんにわかった。しかし一人で奈落に潜るなど、不用心にもほどがあるじゃろうが」

「えっと。ですから私には確定逃走というスキルもあって……」

「それは聞いた！」

レファーナさんの強い口調に、私は思わず口ごもる。

「先ほど自分でも言っておったな。警戒中の魔物相手では、なにが起こるかわからないと」

「は、はい」

「リオの言う通り、不注意ゆえの事故はある。それがわかっているのに、なぜそんな不用意な軽装で奈落に潜る？」

「それは……」

「冒険者ランクだってDなのじゃろう？　才能レベルは？」

「1ですけど」

「そうか。であれば……」

突然、胸ぐらを掴まれた。

抵抗する間もなく体を引き寄せられ、首根っこに冷たく硬いものを押し付けられる。

「――アチシがその気になれば、リオを殺してアダマンタイトを奪うこともできるのじゃぞ？」

言われて、自分のうかつさに気づく。

ここはゲームの世界だけど、ゲームじゃない。

私は魔物以外からは襲われないと思い込んでいる。１００％の数字に頼りすぎて、現実世界の恐ろしさを軽視している。

「……怖がらせてすまんかったの」

レファーナさんは私を解放すると、首根っこに押し付けていた――冷たく硬い、アダマンタイトを机に置く。そして窓の外に目を向けながら抑揚のない声で言う。

「命はひとつしかないのじゃ。もちっとばかし、お主自身のことを大切にせい」

「……」

「リオがレベルに見合わぬスキルを持っていることは理解した。冒険者がイケイケ気質なのも理解しておる。それだけの力があれば無茶をしたくなる気持ちもな」

「……」

「しかしマジックポーチのために死なれては、アチシだって寝覚めも悪い。本気で稼ぐつもりなら助言くらいはしてやる。じゃから……」

ぶすっとした表情のレファーナさんが振り向くと、急に「あっ」と驚いたような表情に早変わり。

「す、すまんっ！　その、そこまで怖がるとは思わんかったのじゃ……」

気づけば、私はボロボロと涙を流していた。

「ううっ、レファーナさぁん！」

「わ、わわっ、急にどうした⁉」

私はレファーナさんにぎゅうと抱き着いて、そのまま涙を流し続ける。突然のことにレファーナさんは慌てつつも、私にされるがままでいてくれた。

……別に私は怖くて泣きだしたわけではない、嬉《うれ》しかったんだ。

だって、どちらの世界の私にも、本気で怒ってくれる人なんていなかったから。

養護院の院長《マザー》は、私たちの親にはなってくれなかった。親代わりの仕事を押し付けてきただけの人だった。

家出をする子がいても探しに行かないし、泣いてる子供を見ても慰めたりしない。私が黒髪を理由にイジめられていても、見て見ぬフリをするような有り様《さま》だった。

だからお説教をされるほど、親身になってくれたのが嬉しかったんだ。

本当は院長《マザー》とも仲良くなりたかった、興味を持ってほしかった。一番近くの大人対して、そう思うのは不思議じゃないはずだ。

……転生してきた私だってそうだ。

私は母に興味を持ってもらいたかった、ゲームに没頭する私を受け入れてほしかった。ゲームを通じて友達ができることの素晴らしさを知ってほしかった。

『女の子なのにゲームばかりして』

その言葉で傷ついたことを知ってほしかった。

好きなものを否定しないでほしかった。どんな私でも受け入れてほしかった……。

「──少しは落ち着いたか？」

「急に泣いたりしてすみませんでしたっ」

「よい。悪いのはアチシのほうじゃ」

声はぶっきらぼうだし、愛想笑いもしてくれない。だがレファーナさんはそれでも丁寧に接してくれている。それがとても嬉しかった。

「じゃが先ほどの発言は撤回せんぞ？　装備やレベルくらいは見直しておけ。これからも奈落に潜るというのであれば、相応の力くらいは身につけるのじゃ！」

「は、はいっ。でも、いまの私には魔物を倒すような力はなくて……」

「少し、待っておれ」

レファーナさんは近くの棚を漁《あさ》りはじめ、なにやら手紙を書き始めた。

体の小さなレファーナさんが手紙を書いていると、まるで子供が頑張ってお絵描きしてるように見えてしまう。それがなんだか微笑《ほほえ》ましいもののように思えてしまい、私はレファーナさんに肩を寄せて手紙の内容を盗み見る。

「なんじゃ、うっとうしいの。ベタベタするでない」

「……いいじゃないですかっ」

「先ほども注意したであろう。人を不用意に信用するな、もう少し警戒心を持てと」

「でもレファーナさんは私を傷つけたりしなかったじゃないですか。だから信用してるんですよっ」

「だからといってくっつくな！　上手く文字が書けないではないか！」

「ふふっ、レファーナさぁん」

私は怒られるのも構わず、すりすりとレファーナさんにくっついていた。

「ほれ、出来たぞ」

「なんですか、これ？」

「……隣でなにを見ていたのじゃ、これは鍛冶《かじ》屋への紹介状じゃよ」

「紹介状？」

「そうじゃ。町の広場から東に行った先に、モルガンという鍛冶師がおる。そいつに手紙とアダマンタイトを３つ渡してこい、そうすればアサシンダガーを打ってくれるじゃろう」

「……！　アサシンダガー！」

「ふふ、知っておるようじゃの。短剣使いなら誰しも一度は夢見る武器じゃからのう」

アサシンダガーはSランクの短剣武器だ。

恐ろしい斬れ味からなる攻撃力もさることながら、即死率50％という驚異的な追加効果を持っている。

作るためにはアダマンタイト３個が必要だが、短剣持ちにはぜひとも持たせたい武器だ。

「お主は絶対先制をした上で、確実に逃げることができるのであろう？」

「はいっ！」

「つまり、お主がアサシンダガーを持てば……」

「即死が入るまで、ヒット＆アウェイ戦法が取れます！」

これも育ち切った盗賊の為《な》せる最強戦術のひとつである。絶対先制からの即殴り、50％の即死が入らなければ逃げる。

即死の発動率も相手のレベルに依存しないので、非力な者が持つほど恩恵が大きい。スキルだけ揃《そろ》っている私にとって……この戦術は絶大な効果を発揮する。

「っていうかレファーナさん。スキルの説明をしただけなのに、よくこの戦術を思いつきましたね!?」

「アチシは天才縫製師レファーナ様じゃぞ？　これくらいのことを思いつくなど、造作もないわ」

「なるほど！　ところでレファーナさんって何歳なんですか？」

「……小娘、その質問は二度とするでないぞ」

一瞬、背筋がヒュッとなった。私は二度とその質問を口にすることはないだろう。

「色々と、ありがとうございます！」

「ふん、気にするな。お主のような金づる娘に、早死にされたら困ると思っただけじゃ」

「ふふっ、そういうことにしておきます！」

「……なにやら釈然としない物言いじゃな」

レファーナさんはどこかバツが悪そうな顔で、モジモジと髪をいじっている。そんなしぐさも私にはとっては微笑ましいものに見えてしまう。

心配してもらえたことが嬉しく、レファーナさんに対する好感度は既にＭＡＸだ。

「ねぇっ、レファーナさん！　今度は用事がなくても遊びに来てもいいですか？」

「……好きにするがよい」

「やったぁ！　レファーナさん大好きです！」

「ば、馬鹿者っ。軽々しく好きだなどと言うでない……」

レファーナさんはわずかに頰《ほお》を染めると、ふて腐《くさ》れたような表情で視線を逸《そ》らすのだった。

Episode 4　やりすぎレベルアップ

レファーナさんの家を出た後、私は案内された鍛冶屋《かじ》へ向かっていた。

「広場を出て東、煙突のある建物……あれだ！」

目当ての建物を見つけた私は、入り口近くで作業をしていた職人風の男性に話しかける。

「すみません！　こちらにモルガンさんという方はいらっしゃいますか？」

「……モルガンはここの親方だけど。なんの用？」

「モルガンさんに作っていただきたいものがあるんです。あっ、これが紹介状になります！」

そう言って職人に紹介状を渡すと、中身を勝手に読み始める。

「あ、え、ちょっと……？」

「親方、字が読めねえから」

「そ、そうだったんですね」

「内容は把握した、ついてきな」

「ありがとうございますっ！」

表情ひとつ変えない職人の後ろをついていき、大きな鍛工炉のある部屋に到着した。

そこにはいかにも親方然としたヒゲの男性が、真っ赤な鉄を金床《かなとこ》の上で叩《たた》きつけていた。

「しばらく座って待ってな。親方は一度鉄を打ち始めると話聞かねえから、終わったタイミングを見計らって声かけてみ」

「はいっ、ありがとうございます！」

職人にお礼を言って、私は物めずらしい鍛冶の様子をじいっと眺め続ける。

いま叩いているのは長剣、だろうか。完成前なので観察眼を使っても武器の名前はわからない。

鍛冶師のような製作特化の才能は、高難易度コンテンツ挑戦には必須の才能だ。ゲームでは錬金術師がいれば広範囲なアイテム製作を任せられるが、鍛冶師や縫製師などの専門職でないと作れない高ランク装備も多数存在する。

どうしても才能ごとの優劣は出てしまうが、完全に使われない才能はほとんどない。これがクラジャンというゲームのいいところでもある。

カン、カン、と鉄を叩く音だけが工房に響き渡る。

モルガンさんは厚みのある部分を見極め、黙々とハンマーを打ちつける。

少し楽しそうにも見えるが、大変な作業なのだろう。モルガンさんの額には汗がにじんでおり、時折つらそうに目元を押さえている。熱された鉄は真っ赤な光を帯びているので、目疲れもすごいのかもしれない。

初めて見る鍛冶の様子に魅入られ、私も時間を忘れてその光景を眺め続けていた。

「……こんなもんか」

モルガンさんが出来上がった剣身を眺めて満足そうに言う。目の前で一本の剣が出来たことに感動し、私は「おぉ～」と声を出して手を叩いていた。

「わっ!?　なんだお前。いつからそこにいた？」

「えっと……二時間くらい前ですかね？」

「二時間？　黙って待ってないで、声くらいかけてくれよ」

「す、すいません」

話しかけても無駄と言われたから待ってたんだけど。って、別にそれはどうでもいいか。見てるだけでも楽しかったし。

本題を思い出した私は、改めてレファーナさんに紹介状をもらってきたことをお伝えした。

「アサシンダガー？　随分とすげぇ注文だが……素材は持ってきてるんだろうな」

「はい、こちらです！」

そう言って私はリュックから3個のアダマンタイトを取り出した。

「ほぉ、なるほどな。これならすぐにでも取りかかってやるよ。また三日後に来てくれや」

「そんなに早くできるんですか？」

「当たり前よ。俺はこの国で一番の鍛冶師だぜ？」

「すごいっ！　あ、そういえばお願いする代金はおいくらになるんですか？」

「ん？　さっきアダマンタイトを3個もらったろ？　使わなかった分の余りを代金としてもらうから気にすんな」

「あっ、そういう取引なんですね」

アダマンタイトはハンドボール一個分くらいの大きさだ。短剣一本作るのに、まるまる3個は必要ないということだろう。

「嬢ちゃん、名前は？」

「リオですっ」

「よっしゃ、リオ。最高の品を作っとくから待っとけよ」

「はいっ！　よろしくお願いします！」

私はモルガンさんに元気に返事をし、鍛冶場を後にした。

(想像していたよりいい人だったなぁ)

話を聞かないコテコテの頑固オヤジを想像していたが、私みたいな小娘にも愛想の良い人だった。

もし鍛冶師の手が必要になった時は、またモルガンさんのところにお願いしよう。

「……さて、これからなにをしようかなぁ」

順当に考えればアダマンタイト回収のため、また奈落へと潜りたい。

だがレファーナさんとの約束は破れない。そのため、レベリング完了までスティール&アウェイを一時封印すると決めている。そのために必要な武器、アサシンダガーの完成までは三日かかる。

めずらしくヒマを持て余すことになった私は、仕方なく宿に戻ってベッドに寝転がった。そして自分のスキル盤にアクセスし、これから取るべきスキルについて思いを巡らせる。

(アサシンダガーが手に入ればスティール&アウェイだけでなく、攻撃で魔物を倒すことも必要になる。だったらこれは取っといたほうがいいよね)

盗賊スキルの中でも割と低ポイントで入手できるスキル――【強奪】。

通称、ぶんどるとも呼ばれている。

強奪があれば攻撃と同時に盗むを発動できるため、盗賊にとって必須級のスキルとなっている。

今回まで取ってこなかったのは、魔物を倒すための攻撃力がなかったから。だがアサシンダガーを装備しての強奪は即死効果も見込めるので、入手と同時に即戦力のスキルになる。

強奪の取得ポイントは10なので、残っている860ポイントで十分取得できる。

(他にもスキルポイントを振るなら、ステータスアップが無難かな?)

新規に取得するなら、回避率上昇を取っておくべきだろう。一度の全滅も許されない現実では、回避はどれだけ高くても困らない。

そう考えた私は【強奪】と、ステータスアップの回避率上昇【LV:20】を取得。

現在のステータスは次のようになった。

リオ

才能

▶ **盗賊**(レベル:1)

スキルポイント:250
所持クリル:353万クリル
(マジックポーチ購入まで:1000万／4000万)

装備品

防毒のローブ(E)
防毒の手袋(E)
防毒のブーツ(E)
防毒のペンダント(E)
クソデカリュック(F)

習得スキル

エンカウント率減少【LV:20】／先制成功率上昇【LV:20】／逃走成功率上昇【LV:20】／盗む成功率上昇【LV:20】／ダッシュ速度上昇【LV:5】／観察眼／強奪／回避率上昇【LV:20】

回避にも極振《きょくふ》りしたので、3300あったスキルポイントもついに底が見えはじめた。だけどこれは周回ボーナスで引き継いだ分だけの話、ポイントは才能レベルを1上げることに3獲得できる。

まだレベルは1なので、これから手に入るポイントは山ほど残っている。アサシンダガーが手に入ったら、即死効果を活かしたレベリングでポイントを稼ぎ直すつもりだ。

最強クラスの魔物が徘徊《はいかい》する奈落なら、すぐに冒険者ランクA相当にまでレベルアップできるだろう。強くなれば討伐クエストだって受けられるようになる。やれることは一気に増えていくはずだ。


ああ、ジッとしてる時間がもどかしい。

本当は完成を待つ時間を使って稼ぎに向かいたい。……が、レファーナさんとの約束は破れない。

ベッドに横たわり、深呼吸しながら目を閉じる。

すると、あら不思議。一気に眠気が襲ってきた。

思えば転生してからロクに休息というものを取っていない。疲れが溜《た》まっているのは当然だ。

(たまにはこんな時間も悪くない、かぁ)

そう考えた私はまどろみに身を任せ、戦線離脱《ログアウト》するのであった。

◇

アサシンダガーが出来るまでの三日間。

私は空き時間を使って、鋭疾紅《えいしっく》と呼ばれる防具を注文しておいた。

耐久値はそこまで高くないが、回避率に上昇補正を持つBランク防具である。フードを被《かぶ》ると結構かわいく見えるのがお気に入りだ。

空いた時間でレファーナさんの家にも遊びに行った。

昨日の今日で遊びに来た私に白い目を向けてきたが、本気でイヤだったわけではないのだろう。作業の手を止めてハーブティーを出してくれた。

お茶請けに出してもらった砂糖菓子もたくさん食べてしまった。無遠慮に食べる私を見てレファーナさんは呆《あき》れていたが、困ったような笑みはまさにお姉さんのようだった。

その会話の中でレファーナさんは私に、意外な提案をしてくれた。

「……のう、リオ。失敗作のポーチ、タダで貸してやろうか？」

「いいんですかっ⁉」

「誰かに売るアテがあるわけでもないしの。それに4000万クリルの回収が早まるのであれば、アチシにとってもメリットばかりじゃ」

「でしたらぜひ、貸していただきたいですっ！」

「だが約束せい。絶対に死なずに帰ってくるとな」

「はいっ！」

ということで、幌馬車《ほろばしゃ》一杯分が入るというポーチをお借りしてしまった。

便利なポーチを借りられたのはもちろんだが、レファーナさんの向けてくれた好意が嬉しかった。嬉《うれ》しい。

そうして休息の日は過ぎ去り、アサシンダガー受け取りの日が来た。

気づけば、食っちゃ寝生活を繰り返したせいか、お腹の肉がつまみやすくなっていた。

「……食べたあとにはしっかり運動をしないと、ね」

そんな戒めを口にしながら、モルガンさんの鍛冶場へと向かう。

「こんにちはっ！　注文の品を取りに来ましたっ！」

「おう、嬢ちゃんか。ご注文の品は出来てるぜ」

そう言ってモルガンさんは、瑠璃《るり》色に光る短剣を差し出した。

「これが実物のアサシンダガー……」

アダマンタイトの美しさを一層引き立てる、鋭利な刀身に思わず息を呑《の》む。

「扱いには十分注意してくれよ、なにせ即死の追加効果付きだ。それは持ち主だろうと関係ねえ、刀身舐《な》めて死んだバカもいるから気をつけな」

「ひぃぃぃぃっ！　気をつけますうっ！」

舐めはしなかっただろうけど、頬《ほお》ずりくらいはしていたかもしれない。それほどまでにこの武器は美しい。

「鞘《さや》はサービスで付けといてやる。あと自分で上手《うま》く研げない時は持ってこいよ、格安で研ぎ直してやるから」

「はい、なにからなにまでありがとうございます！」

アサシンダガーを受け取った私は挨拶《あいさつ》もそこそこに、鍛冶場の外へ飛び出した。

だって最強武器を手に入れたんだよ？　試し斬りをしたくなるのは当然でしょ？

我慢できなくなった私は、途中で出会ったストーンゴーレムで試し斬りをすることにした。

エンカウントなし・絶対先制からの、新規習得した強奪で攻撃。

ダガーを握った右手で――ゴーレムに一閃《いっせん》。

硬い岩肌を斬りつけたはずなのに、右手への反動はまったくない。アサシンダガーの斬れ味が良

すぎるのだ。

攻撃した後は後方へ跳躍、スティール＆アウェイ。

魔物がこちらの姿を見失うまで警戒は怠らない。そうして斬りつけたゴーレムを観察していると……痙攣《けいれん》したように体を震わせはじめた。

そして斬りつけた傷口から、黒い煙のようなものが立ち昇る。するとゴーレムを形作っていた大岩がボロボロと崩れていき、生きていた痕跡はまるで見当たらなくなった。

「す、すごい……！」

傷口から噴き出した黒い煙は、ゲームでも見たことがある。あれは即死の演出《エフェクト》だ。

どうやら一発で即死を成功させたらしい。

「じゃあ、もしかして……⁉」

念のためステータスを確認する。するとレベルは……1から12にまで上がっていた。

ストーンゴーレムはDランクの魔物だ。およそレベル1の冒険者に討伐できる魔物ではない。そのため大量の経験値を得た私は、一足飛びのレベルアップを果たしたらしい。

「すごいっ！　これを奈落でやったら、もっとすごいことになる！」

興奮した私は左手に握りしめていた鉄鉱石を仕舞い、今度こそ奈落へ向かって一直線。

ちなみに握っていた鉄鉱石は強奪で盗んだアイテムだ。どうやら強奪を仕掛けた場合、盗むモーションを取らなくても左手に盗んだ品が収まる仕様らしい。とても便利だ。

そうして足早に奈落へと到着した私はサソリ君——ではなく、経験値の多いレッドドラゴンを集中的に狩ることにした。

レッドドラゴン

ランク：A＋

盗めるアイテム

竜のツメ

盗めるレアアイテム

炎のリング

真っ赤なウロコに身を包む、四メートル超えの魔物だ。狩れることがわかっていても、つい尻込みしてしまうほど大きい。

だが、これまでの経験で不可能じゃないことがわかっている。だったらビビってなんかいられない、女は度胸だ！

レッドドラゴンの懐《ふところ》に忍び込んで一閃、後方へ跳躍ッ！

するとレッドドラゴンは黒い瘴気《しょうき》を噴き出し、断末魔の叫びをあげて絶命した。

「よしっ！　レベルは!?」

盗んだ竜のツメの確認もそこそこに、私はすぐさまステータスを確認する。

レベル12↓32

「今度は一気に20も上がったぞーっ！」

クラジャンの経験値は分配方式だ。参戦者が少ないほど、一人当たりの獲得経験値は多くなる。しかも奈落はソロでの探索を想定していないダンジョンだ。手に入る経験値も複数人で分ける前提で計算されている。それを一人で獲得しているのだから、レベルアップのスピードは他の人の比にならない。

この調子なら、今日中にレベル60くらいいくんじゃないだろうか？

そう考えるとワクワクが止まらなくなってしまい、私は無我夢中で近場の魔物を狩りはじめた。

レッドドラゴン、レッドドラゴン、ブリザードフェンリル、レッドドラゴン、ゴブリンジェネラル――。

即死が入らなかった場合は、もちろん相手の警戒が抜けたことを確認してから再接敵。そして即死が入るまでスティール＆アウェイを繰り返す。

借りたポーチのおかげで今日は重さも気にならない。失敗作とはいえポーチの容量は幌馬車大だ。気にせず強奪を繰り返しても問題ないだろう。

自分より大きな体の魔物を倒していくのは、本能に訴える爽快感があった。

転生してから一度も手に入らなかった経験値もドバドバと入ってくる。あふれ出る脳内物質《ドーパミン》も止まらない。ゾーンに入ったような高揚感に身を任せ、ひたすら目の前の魔物を狩り続けた。

だが脳内物質《ドーパミン》も無尽蔵に沸いてくるはずもない。いよいよ疲労感が勝りはじめたことに気づき、私はようやく奈落を出ることにした。

（さ、さすがに興奮に身を任せすぎたぜ……）

至福のフィーバータイムを終えた私は、出口へと向かいながらステータスオープン。

初のレベリングを経て、私は次のような成長を遂げていた。

第一才能：盗賊（レベル：1↓92）
残りスキルポイント：250↓523

新規取得アイテム：
毒消草×42
アダマンタイト×2
竜のツメ×102
炎のリング×11
氷の牙×82
ウルフの毛皮×7
鋼《はがね》の剣×88
将軍のマント×4
鉄鉱石×1

フフフ、これが真のクラジャン廃人の力よ！
一日でレベル1から92まで上げてやったぜ！
三日間の食っちゃ寝で増やしたカロリーだって、とっくに消費してしまっただろう。

ついでにすべての攻撃を強奪で行ったので、アイテムもたくさん集まった。

中でも《炎のリング》は戦いの幅を広げる良いアイテムだ。魔法の使えない私でも、指に嵌《は》めればDランク級の炎魔術【火炎球《ファイヤーボール》】を放つことができる。

「……それにしても今日は疲れた」

重い足を動かしてダンジョンを出ると、来た時と同じく空は明るいままだった。

(あれ、なんでだろう？　来た時も昼間だったはずなのに？)

ふとした違和感を覚えたものの、すぐ違和感の正体に気づく。……どうやら夜になった後、また陽が昇ったらしい。

(まぢ？　さすがに完徹するつもりはなかったんだけど……)

太陽の位置から今の時間を推測すると朝の八時。奈落に来た頃は夕方でもなかったことを考えると――私は最低でも十六時間は潜っていたらしい。

さすがにやりすぎた。

照りつける太陽もいつも以上に眩《まぶ》しく感じられる。早くベッドで泥のように眠りたい、うっかりしてると思わず寝息を立ててしまいそうだ。

そして私は、やらかした。

気を抜いていたせいだろう、うっかりエンカウントなしを無効にしてしまったらしい。そのため奈落の出入り口に立つ見張りに、見つかってしまったのだ。

「うわっ、なんだ!?」

「お前っ！　いつからそこにいた!?」

声をかけられたことに私も驚き、返答に詰まってしまう。

「えっ、あ、そのぉ………このダンジョンって、Dランクの私でも入れますかぁ～？」

その場を誤魔化すために、わざとアホっぽい口調で自分のライセンスを差し出した。すると見張りの人たちはライセンスを確認すると、呆れた表情でため息をつく。

「……ここはSランクダンジョンだぞ？　なにをどう間違ったらここにたどり着くんだ？」

「す、すいませ～ん。私ってめちゃくちゃ方向音痴で……ニコルの町はここからどう行けば戻れますか？」

「ったく、仕方ないヤツだなぁ」

その場を誤魔化そうと愛想笑いをする私に、見張りは親切に町までの道を教えてくれた。

おまけにDランクの私が付近の魔物に殺されないようにと、わざわざ魔物除《よ》けの聖水まで恵んでもらってしまった。ウソでその場を乗り切ろうとした私の良心はズタボロである。

いまさらながら彼らもハリボテの見張りではない、優しい人間なんだと実感したのであった。

◇

筋骨隆々亭で爆睡した後、次の日も奈落へと向かった。

レベルは92まで上げてしまったので、今日からはしばらくアダマンタイトの回収に専念。昨日はレベリング中に2個回収できたので、必要なのはあと13個。

ちなみに今日からサソリ君に強奪は使えない。なぜならレベルを上げすぎたせいで、即死不発でもレッドドラゴンでさえ一撃討伐《ワンパン》できるようになってしまったからだ。

魔物を倒してしまえばスティール&アウェイのメリットは活かせない。スティール&アウェイが使えるのは、再エンカウントすることで盗んだアイテムをリセットするからシステムを活かしているからだ。魔物を倒してしまえば探す手間が増え、回収効率は落ちてしまう。すなわち回収目的の時は、魔物を倒してはいけないのだ。

だから私は強奪ではなく盗むスティール&アウェイを、サソリ君に繰り返していたのだが――ある異変に気づく。

(あれっ？　まだ魔物にタッチしてないのに、なんでもう左手にアイテムが収まってるの？)

いままでは魔物の懐に忍び込み、相手の体に触れることが盗む行動のキーになっていた。だが気づけば魔物に触れる前に、左手に盗めるアイテムが収まるようになっていた。

(理由はわからないけど、これは便利だ！)

これにより【盗む】はノータッチで実行可能となった。

検証を進めた結果。対象に盗むを使用すると決め、二秒間視界に収めておけば、【盗む】が成功すると判明した。魔物に触れる必要もなくなったので、スティール&アウェイ効率は爆上がりだ。

【強奪】はこれまでと変わらず、対象に攻撃を当てる必要がある。とはいえ、すべての攻撃に確定盗むがついてくるのだ。別に強奪の使い勝手が悪くなったわけじゃない。

と、新たなチート技を獲得したことで効率も上がり、私は三日で13個のアダマンタイトを回収。

目標の数を揃《そろ》えた私は、にっこにこでレファーナさんの元を訪れた。

「……リオと会うのは、今日が四日ぶりであったな？」

「はい、久しぶりに会えて嬉しいですっ！」

「そういうことを言うておるのではない……」

レファーナさんの前にあるのは15個のアダマンタイト。

鋭疾紅のサイドベルトに巻きつけられた最強の短剣、アサシンダガー。

数日前には微塵《みじん》もなかった、強者のオーラ。

初めて会った時とはすべてが変わってしまった、盗賊の姿がそこにあった。

「その様子じゃと、しっかりレベルも上げることができたようじゃな？」

「はい、おかげで92まで上げることはできました」

「92って……お主、もうこの国で一番強いのではないか？」

「そんなことないですよっ、盗賊はレベルが上がりやすいだけですから！」

「にしても限度というものがあるじゃろうが」

レファーナさんはため息をつきながらも、また私にハーブティーを出してくれた。

「わーい、レファーナさんのハーブティーだー！　とってもいい匂い！」

「ふん。茶菓子でもつまんで待っておれ」

言いながらレファーナさんは、新たに持ち込んだアダマンタイトを丁寧に検品していく。

「……すべて問題のない品じゃ。これで約束の４０００万クリル、確かに受領した。ご苦労じゃったな」

「ではマジックポーチ、作ってくれるんですね？」

「もちろんじゃ、製作には半月ほどかかるがの」

「やった！」

マジックポーチの取得を達成！

奈落のおかげで、予定よりだいぶ早く達成してしまった。次はクランの結成に向けて冒険者ランクを上げるだけだ。

そこで私はふと、当たり前のことに気づく。

（レファーナさんとはマジックポーチをきっかけに出会ったけど、作り終わったら会う機会は少なくなっちゃうのかな……？）

不意に寂しい気持ちに襲われる。少しツンツンしたところはあるけれど、私の身を案じて怒ってくれた優しい人だ。いまではレファーナさんを本当の姉のように思っている、これで疎遠になってしまうのは悲しい。

ヒマな時は遊びに来ていいと許可はもらったが、理由がなければ会う機会は減ってしまうだろう。

ん？　だったらレファーナさんをクランに勧誘すればいいのでは？

私の第一目標は楽しいクランの結成。

クランは冒険者パーティーと違い、生活種のメンバーだってウェルカムだ。家に帰ってきた時、レファーナさんが出迎えてくれたら最高でしかない。

善は急げ。私はレファーナさんを勧誘することにした。

「ねえっ、レファーナさん！　いまフリーなんですよね!?」

立ち上がって顔を寄せた私に、レファーナさんがギョッとした顔を見せる。

「と、突然なんじゃや、驚かせるでない！」

「ごめんなさい！　でも私、レファーナさんが欲しいんです！」

本気度が少しでも伝われればと思い、私はレファーナさんの手をぎゅっと両手で包み込む。

するとレファーナさんはわずかに頬を染め、視線をあっちゃこっちゃに逸《そ》らしまくる。

「ほ、欲しいって……お主、まさか……」

「はいっ！　私はレファーナさんと家族になりたいんですっ！」

満面の笑みで言い切ると、レファーナさんはこれ以上ないくらい赤面した。

「か、家族ゥッ!?」

「はいっ！　レファーナさんは私じゃご不満ですか？」

「ふ、不満とか以前にっ！　段階とか過程とか、色々すっ飛ばしすぎじゃろ!?」

「そうでしょうか？　私がレファーナさんのことを好きであること以上に、理由なんて必要でしょうか？」

「ド、ド直球すぎるわ。馬鹿者……」

なぜかレファーナさんは弱々しい声で視線を逸らし、瞳を潤ませている。

うーん、なんか想像とかけ離れた反応だ。イヤそうな雰囲気ではないが、やや決め手に欠ける手応えだ。押してダメなら引いてみるとしよう。

「もちろん不安に思うのもわかります。私はまだ低ランクの駆けだし冒険者ですから」

「べ、別に駆けだしとか、ランクで相手を判断したりはせんが……」

「でもBランク冒険者になるまで、クランを作ることはできません。だから答えはすぐに出さなくても構いません、私が立派な冒険者になってからでも――」

「……ん？　クランを作る？」

「そうですよ？　私たちが家族《クラメン》になるには、最低でもBランクが……」

「最初からクランの話じゃと言わんかぁっ!!」

「えぇっ？」

なぜか凄《すさ》まじい勢いで怒られた。理由を聞いたが教えてもらえなかった、なんでやねん。

ということで改めてご勧誘。しかし色よい返事はもらえなかった。

「……すまんが、いまはどこのクランにも所属するつもりはなくての」

「ええっ!?　ダメなんですか!?　やっぱり私みたいな騒がしい小娘は嫌いでしたかっ!?」

「お、落ち着け。別に……リオのことを嫌ってなどおらんわ」

「えっ、じゃあ私のこと好きなんですか？　照れるぅ！」

少しおちゃらけてみたものの、レファーナさんからの視線が冷たかったので居ずまいを正す。するとレファーナさんはひとつ咳払《せきばら》いを挟み、お断りの理由を教えてくれた。

「確かに今のアチシはフリーじゃ。しかし勧誘の声がまったくなかったわけではない」

「そうだったんですね！　でもそちらに所属されてるわけじゃないんですよね？」

「ああ。勧誘した当のヤツらは……現在、長い旅に出ている途中での」

そうか、他からも勧誘を受けていたのか。ちょっぴり残念ではあるものの、私と会うまでにもたくさんの出会いがあったはずだ。

多少の情を持ってくれたとしても、会って一週間ちょっとの私が割り込めるとは思えない。だから――

「ではレファーナさんがそちらのお誘いを蹴って、こっちに入りたいと思えるようなクランを作りますね！」

「……は？」

「私はレファーナさんと家族になりたいんです。だからそんな簡単にあきらめたりできませんよ！」

本気の本気でレファーナさんをクランに迎えたい。それなのにあっさり引き下がったら、まるで誰でもいいから誘ったみたいじゃないか。レファーナさんの代わりはいない、だからあきらめない。簡単にあきらめたら逆に失礼というものだ。

「とりあえず冒険者ランクBにはシュシュッと上げてきます。そしたらタイミングを見計らって、また誘いに来ますね！」

「な、何度来ても答えは同じじゃぞっ！　来る度に断り文句を聞かされるだけじゃぞっ!?」

「構いません！　それに……断り続けるツンデレのじゃロリを落とせたら、サイッコーに気持ちいいじゃないですかっ！」

「……ツンデレ？　のじゃロリ？」

私は残っていたハーブティーをグイッと飲み干して立ち上がる。

「今日はこれで失礼します。マジックポーチの件、よろしくお願いしますねっ！」

「あ、ああ……」

呆然《ぼうせん》とするレファーナさんに手を振り、その場を後にする。

(よし。マジックポーチは手に入ったも同然だし、これで冒険者ランクを上げるのに専念できるぞ！)

アダマンタイト回収をする成り行きで、レベルも十分に育ち切った。これならソロでもある程度のクエストはクリアできるだろう。

明日は朝一でギルドに行き、クエスト攻略に乗り出してやる。変化の予感に胸を高鳴らせ、私はスキップしながら宿に戻るのであった。

◇

残されたレファーナは、複雑な表情でリオの言葉を反芻《はんすう》していた。

(家族になりたい。だからあきらめられない、か……)

あれほど直接的ではなくとも、似たような言葉をかけてきた冒険者を思い出したから。

「……なあ。お主らが何度も誘っておったのは、そういうことじゃったのかの？」

混ぜっ返された心が、不意に独り言を吐かせてしまう。

「帰ってきたら今度こそ頼みを聞いてやる。じゃから早く戻ってこんか、馬鹿者……」

一人で飲むハーブティーは味気なく、レファーナは最後まで飲み干すことができなかった。

◇

レファーナさんをお迎えし、自分のクランを作りたい。

そのため今日からは冒険者ランクを、ガンガン上げていこう。

その意気でギルドに乗り込んだところ――先輩冒険者に絡まれた。

「お前がリオだな？　ＦからＤに飛び級したって、うさんくさい女はよォ!?」

尊大な物言いで声をかけてきたのは、赤髪の女冒険者。

待合席に足を組んで座り、近くには人相の悪い男女が控えている。盗賊の私よりよっぽど盗賊っぽい。

（ううっ……イヤだなぁ。あまりお近づきになりたくないタイプの人だ）

無視を決め込みたいとは思うが、こういう手合いは無視してもしつこく絡んでくるだろう。今日に限って受付も混んでいる。私はゲンナリする気持ちを抑えて、赤髪女に向き直る。

「……はい、私がリオですけど」

「ふん、修羅場抜けしてねぇ童顔《ベビーフェイス》だな。不正したと顔に書いてあるようだぜ」

「不正？」

「そうだ。お前みたいなＦラン冒険者に、猛毒草の採集なんてできるはずがねぇ。別の冒険者に金を払って集めさせたんだろ？　白状しろ！」

とんだ言いがかりにため息をついてしまいそうになる。だがため息なんかつけば火に油をそそぐだけだ。ガマン、ガマン。

「そんな意味のないこと、しませんよ？　不正でランクを上げても、実力がなければ恥をかくだけじゃないですか」

「だがランクが上がれば冒険者としての箔《はく》はつく、そのちっせぇ見栄のために不正するヤツはいるんだよ。お前みたいなガキは、特にな？」

「さっきから言ってますけど、そんなつもりありませんって……」

「信じられねえなぁ！　だってお前、ちょっと前にライセンスを作ったレベル1の盗賊だろ？」

赤髪の煽《あお》り言葉に、周囲の取り巻きたちがゲラゲラと笑いはじめる。

「レベル1の盗賊がいっちょ前にウソつくんじゃねーよ。ウソつきは泥棒の始まりって言うだろ？　あ、もう泥棒だったか！」

くだらない冗談にイラッ、ときてしまう。そして反射的に言い返してしまった。

「……もうレベル1ではありませんけどねっ」

「ほーーう、じゃあレベル2か3か？　悔しかったら言ってみろよ！」

「そ、それはっ……」

言えない。

一日で92まで上げましたとは言えない。

そんな超速レベルアップが知られたら「どうやって？」という話になるし、突き詰めれば奈落に潜ったことを白状する必要がある。

ギルド条項にも書かれている。冒険者ランク以上のダンジョン探索は禁止、と。

もし奈落に潜っているのがバレたら、なんらかの処罰が下されてしまうかもしれない。私はその葛藤で言葉を濁したのだが、赤髪たちはボロを出したと勘違いしたようだ。

「よーーーし、そうかそうか！　疑って悪かったなー⁉　でも一応チェックしてみよっかぁ、冒険者ギルドには《投影の水晶》があるからなーーっ⁉」

投影の水晶。

冒険者の正確なステータスを映し出す魔道具《マジックアイテム》だ。私も二週間ほど前に使ったばかりである。

初回のライセンス登録時は無料だが、二回目以降は有料だ。どこかのパーティーに加わりたい場合、水晶に表示された詳細ステータスをギルドに登録し、声をかけてもらいやすくする目的で使われる。

「使用料はオレが支払ってやんよ！　だからお嬢ちゃんのステータス、みんなに見せてくだちゃいねぇーーー！」

「そ、そんなっ、いいですよ」

「まーまー、そう言わずにッ！」

赤髪が私の肩をガシッと掴《つか》んで、受付前に並ばせる。

（……はぁ、ここまできたらしょうがないかぁ）

どうせこれから冒険者ランクは本気で上げようと思っていたところだ。

トントン拍子に討伐クエストをクリアすれば、また疑いの目を向けられる。後でまた揉《も》めるくらいだったら、早めに現実を見て納得してもらおう。

私がそんなあきらめの気持ちで受付前にやってくると……推しのガーネットさんが立っていた。

だが今日のガーネットさんは眉をひそめ、私の後ろに立つ赤髪を睨《にら》みつけるように言った。

「……レイラさん。リオさんはまだ冒険者になったばかりです、あまり絡まないであげてください」

「違うよ、ガーネットぉ。オレはリオを自分のパーティーに勧誘したいと思ってるんだ」

あまりにも白々しい猿芝居で、レイラと呼ばれた赤髪は続ける。

「でも数日でDランクに昇格なんて、さすがにウソくせぇからさ？　おねーさんの奢《おご》りで実力をチェックさせてもらおうと思っただけだ」

レイラの言葉はハナから信用していないのだろう。ガーネットさんは心配そうな瞳で、私に優しく聞いてくれた。

「……リオさん。嫌でしたらハッキリと嫌と言ってもいいんですよ？」

「お気遣いありがとうございます、でも大丈夫ですから」

私は笑みを作って答える、するとレイラが鬼の首を取ったように騒ぎ始める。

「おい、お前ら聞いたか！　有望株の冒険者、盗賊リオの公開測定を始めるぞーーっ！」

レイラの叫びに一部の冒険者は騒ぎ、指笛を鳴らす。だがそれと同数程度の冒険者は、騒ぐ彼らに冷ややかな視線を送っていた。

だが本人が了承した以上、もう止めようとする者はいない。カウンターに投影の水晶が置かれ、数日ぶりの測定を開始する。

「リオ、感じるだろ？　周囲の視線がお前に集まっているのをよォ？」

レイラは勝ちを確信したかのような口調で囁《ささや》く。

「お前に好意的な連中だって、本当は疑ってたんだ。だってレベル1の盗賊に、Dランククエストなんてクリアできるわけねぇからな！」

事実だけ追えば、その通りだと思う。ステータスの低い盗賊がソロなんて、自殺行為みたいなものだ。それは私も同意見だし、冒険者の誰もが知っている常識だ。

だからこそ、冒険者ギルドにいた全員が私に注目していた。

だからこそ、見せたほうがいいと思った。

（もう疑いの目を向けられずに済むなら、一回で終わらせておいたほうが楽だからね）

そして投影の水晶に、ステータスが映し出された。

「ほーーーらほらほら、きたぞっ！　お姉さんと一緒に結果を見、ぃぃぃぃぃぃ……ィーーーーッ⁉」

レイラのひん曲がった声がギルド内に木霊《こだま》する。

水晶に映し出された数字に、誰もが自分の目を疑った。

「おいおいレベル92って……こんな高レベルの冒険者見たことねぇよ！」

「俺は同じDランクのレベル17だけどよ、92って実際どれぐらいすごいんだ？」

「聖火炎竜団のリーダーでも68とかじゃなかったか？」

「あの盗賊はSランク以上の冒険者ってことかよ⁉」

ギルドの中は瞬《また》く間に騒ぎになり、受付嬢たちも驚きで仕事の手を止めてしまう。受付に立つガーネットさんも、信じられないといった表情で水晶を覗《のぞ》き込んでいる。

「リ、リオさん？　これは一体……？」

「ええっと……ほらっ、私って成長期なので！」

「成長期だからってこんなに成長する人いませんよーーーーっ！」

あっ、いつものガーネットさんだ。

ガーネットさんのツッコミで場の空気が軽くなる、が。

「……ウ、ウソだっ！　レベル1の冒険者が、二週間でレベル92になれるわけねぇだろっ！」

ねちっこく疑い続けたレイラが声高に叫ぶ。

「お、お前らもそう思うだろ⁉　こんなの水晶の故障に決まってる！」

レイラは受付のガーネットさんに詰め寄って言う。

「水晶の予備くらいあるんだろ⁉　それで測定をやり直してくれ！」

「えっ、でも……」

「いいから早くっ！」

ガーネットさんの視線が一瞬、こちらを向く。私はその視線に構わないと意志を込めて頷《うなず》いた。

もちろん、結果は同じ。二つ目の水晶にもまったく同じ結果が投影される。

「そ、そんなのありえねぇっ……次だ！　次の水晶を持ってこい！」

だが三つ目の水晶も、同じ結果を叩き出す。

「あ、ありえねぇっ！　これも故障だ、次を持ってこい。金なら出す、いくらでも課金する‼」

四つ目も（以下略）。

「このギルドにある全部の水晶を持ってこい！　課金だ、課金するぞ！　カキンカキンカキンカキン‼」

レイラは　50000クリルを　うしなった！

気づけばレイラの顔は真っ青になり、カウンターの上には無数の水晶がのせられていた。

「そ、そうだ……お前は盗賊だったなァ！　きっと盗むスキルで、他の冒険者から猛毒草を盗んだに……違いないっ！」

言い出した手前、引き下がることができないのだろう。レイラは私に指を突きつけ、言いがかりを口にするのを止められない。

「……えっと、盗まれた方はどちらにいらっしゃいます？」

「つ、黙れ！　コソ泥の卑怯者《ひきょうもの》！　レベルだってなにかインチキをしてるに決まって――」

「──じゃあ決闘でもしますか？」

私はレイラの耳元で囁いた。持ち前の素早さを活かし、即座に背後へ回り込んだのだ。

「てめぇっ、いつの間にっ！」

短剣を抜いたレイラが、振り向きざまに斬りかかる。

が、既に私の姿はそこに無い。攻撃を避《よ》ける形で私はまたレイラの背後を取っていた。

「危ないじゃないですか、こんなもので斬りかかるなんて」

振り向いたレイラの顔が驚愕《きょうがく》に彩られる。なぜなら私の左手にはレイラの短剣が握られていたからだ。

「お返ししますね」

私は冷めた目で短剣を投げ返す。

突然のことにレイラは反応できず、その場に立ち尽くしてしまう。そして投げられた短剣は狙い通りに──レイラが腰に差す鞘へ納まった。

レイラは突然のことに腰を抜かしてへたり込む。

「決闘は……しませんよね？　時間の無駄だと思いますし」

笑顔で問いかけても返事はない。実力差を悟ったレイラには、口を開く気力は残っていないようだった。

それを確認した私は改めてカウンターの前に立ち……できるだけ明るくガーネットさんに問いかける。

「ねえ、メガーネットさんっ。手っ取り早くCランクに上がれそうなクエスト、ありませんかっ？」

私の能天気な声がギルドに響くと、ギャラリーたちもようやく肩の力を抜きはじめる。

腰を抜かしたレイラは、パーティーメンバーに引きずられながらギルドを後にするのだった。

◇

その後、私は紹介されたDランクダンジョンを歩きながら、冒険者ギルドでのことを反省していた。

「はあ、さすがにやりすぎちゃったかなぁ……」

しつこかったレイラを黙らせるためとはいえ、必要以上に騒ぎを大きくしてしまったかも。

あれからガーネットさんとカウンター越しに話したが、表情はぎこちなく引いた様子が見て取れた。ガーネットさんは戦いとは無縁の受付嬢だ。目の前でケンカみたいなマネをされたら怖いに決まっている。

ガーネットさんは私の癒《いや》しだ、推しに嫌われるのはツラい。

仕方なかったこととはいえ、もうちょっとやり方があったかも。そんな後悔が胸に渦巻き、私はダンジョンに潜ってからもため息をつき続けていた。

Dランクダンジョン、《滝裏《たきうら》》。

ニコル北西にある、滝の裏側に隠されたダンジョンだ。

ここには水生の魔物と、アンデッドが多数生息している。アンデッドは炎の魔法が弱点だが、水属性の魔物には通りづらい。

そのため滝裏はパーティー構成が難しく、多くの冒険者に敬遠されているらしい。昇格ポイントと報酬も高めに設定されており、クリアできればCランク昇格もほぼ確定と聞いている。

ちなみに受けたクエストは落とし物の回収、捜索クエストだ。

だいぶ前に滝裏を踏破した冒険者クランのメンバーが、大事な魔道具《マジックアイテム》を落としてしまったらしい。

自分で探しに行きたいが貴族《スポンサー》の依頼が立て込んでおり、別の誰かに頼みたいとのこと。

なるほど。

スポンサーがつけば雇われクランになるため、自由が利かなくなるデメリットもあるようだ。

「魔道具《マジックアイテム》はロザリオの形をしている、ね」

きっとAランクアクセサリ、《恵みのロザリオ》のことだろう。

恵みのロザリオは所持するだけで魔力が自動回復できる優れモノだ。副次効果として魔力の消費量を軽減できるのも素晴らしい。依頼料を払ってでも取り戻したいのも頷ける。

私は新たに取得した【宝探し】のスキルを使いながら奥に向かっていく。

これを働かせておけば意識的に探さなくても、アイテムの接近をスキルが知らせてくれる。エンカウントなしも同時使用している私は、特に気を張ることもなくダンジョンの奥に足を運ぶだけで事足りる。

(とても楽ちんだけど、少しヒマだなぁ……)

私が潜ったダンジョンは、滝裏で二つ目だ。

既に奈落でレベルを上げた私にしてみれば、Dダンジョンの魔物と戦うメリットはない。道中で出くわした魔物に何度か強奪をしてみたが、難なく一撃で仕留めることができた。

（これはボス階層まで一直線に降りていったほうがいいかもね）

そう考えた私は五倍速ダッシュで、一気に最下層——一〇層のボス部屋前へと到着した。

「いよいよ初のボス戦だ」

ボス部屋であることを示す松明《たいまつ》が、入り口の両脇で炎を揺らしている。

奈落は一層に潜るだけでも十分だったため、一〇層ごとに待つフロアボスと戦うこともなかった。そのためリアルでのボス戦は初である。

ここでは確定逃走も無効で、ボスは即死耐性も持っている。そのため戦いが始まればチート戦術は使えず、ガチのバトルが要求される。

真っ向からの戦闘はこれが初めてだ。今日までは絶対先制をスカしたこともなかったので、ダメージを受けるような機会は一度もなかった。

だがボス戦はそうもいかない。ＨＰも高めに設定されているし、おそらく一撃で倒すことも難しいだろう。

（……落ち着こう、ここはＤランクダンジョンだ。推奨レベルも確か25程度、レベル92の私に負ける要素はないっ！）

自分にそう言い聞かせ、ダンジョンボスの間へと入っていく。

そうしてボスの間へ入ると宝探しのセンサーがすぐさま発動する。

そのセンサーが指し示すのは、ボスのいる方向——ビッグ・グリーンスライムそのものを指していた。

ビッグ・グリーンスライム。

滝裏の毒属性ボスモンスターだ。

――だが、様子がおかしい。

私の知るビッグ・グリーンスライムは緑色のはずだが、目の前のスライムは無色透明に透き通っている。

そして透けた体内の中心には、落とし物のロザリオが収まっていた。念のため観察眼を使い、ボスの性能を確認する。

ビッグ・ホーリースライム

ボスランク：B

盗めるアイテム

恵みのロザリオ

盗めるレアアイテム

聖進化の結晶

(ビッグ・ホーリースライム!?　そんな魔物、聞いたことない!)

目の前の巨大なスライムは落とし物のロザリオを取り込んでいる。それが原因だろうか、原作《ゲーム》にも存在しない魔物へと変貌していた。

なによりDランクダンジョンなのに、ボスランクBに強化されている点も見過ごせない。

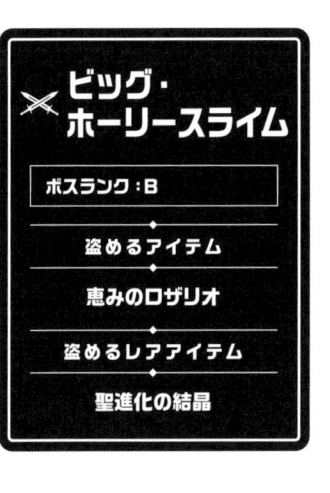

私は緊張感を高め、スライムに向かって駆け出した。

盗賊の俊足を活かし、懐に踏み込んでの連撃。だが粘液状の体を持つスライムへの致命打とはならなかった。

アサシンダガーで斬り刻んだ箇所が本体から削り取られたが、相手は家ほどの大きさを持つ巨体だ。これを続けたところでラチが明かない。

そこで私はポーチに仕舞っていた炎のリングを取り出し、自分の指に嵌めて唱えた。

「火炎球《ファイヤーボール》！」

リングに込められていた魔力が解き放たれ、火炎球《ファイヤーボール》がスライムへ襲いかかる。するとスライムは粘液状の体をグニグニと動かしイヤがっている。やはり魔法攻撃は有効なようだ。

スライムは打撃が通りづらい分だけ、魔法攻撃が有効だ。

私はすかさず次の攻撃に向け、炎のリングをスライムに構え直す。だがスライムはこちらに向かって白い光を集めはじめた。

その演出を目にした私は「まさか」と思いつつ、必死の回避行動をとる。

すると私が立っていた場所に、目を灼《や》くような白い光線が撃ち放たれる。——破壊光線だ。

聖属性でもトップクラスの攻撃力を誇る、膨大な魔力を雑に撃ち放つ攻撃魔法。

魔力効率《コスパ》は悪い。だが戦闘を早々に終わらせる目的では、そこそこ出番のある対決戦魔法だ。

（っ！　あんな魔法を使える魔物がBランクなわけないじゃん！）

先ほど以上に気を引き締め、スライムに向かってまた炎のリングを構える。

だがスライムはあれだけの魔術を使用したにもかかわらず、また白の光を集めはじめた。

「ウソでしょっ⁉」

叫ぶと同時、跳躍。

私の立っていた場所が大きく抉《えぐ》られ、二度目の破壊光線が放たれていた。

……ありえない。

コスパの悪い破壊光線を連射するなんて、Sランクの魔物ですら不可能だ。連射できるとしたらなにか理由があるはずだ。

そこで私はボスがなにを取り込んでいたかを思い出す。

(そうか、恵みのロザリオだっ！)

ロザリオは消費魔力を軽減させ、魔力回復の効果も持つアクセサリだ。……どうやらスライムはロザリオによって変貌しただけではなく、その効果をも利用しているらしい。

「……そんなん、もうSランクボスと大差ないやん！」

私はツッコミを入れつつ、立っていた場所から跳躍。先ほどまで立っていた場所に破壊光線が突き刺さり、地面に抉られた痕《あと》だけが残る。

「大火力には大火力で応戦っ、十倍威力の火炎球《ファイヤーボール》っ！」

私は片手に十本のリングを嵌め、発現させた火炎球《ファイヤーボール》をブッ放す。

もちろんゲームではできない強引な使い方だ。炎のリングひとつではDランク級の火炎球《ファイヤーボール》しか出せないが、十個まとめて使えばBランク級まで攻撃力を上げられる。

――ギイィィィィイィッ！

直撃を受けたスライムが叫び声のようなものを響かせる。が、攻め手を緩めることはない。すぐさま光を集めてまた破壊光線の射出準備に入る。

「っ、さっさと、くたばってくれないかなぁっ！」

跳躍、そして轟音《ごうおん》。

それからも連続で破壊光線を撃たれたが、いずれも回避には成功し続けている。だが——

(飛び回りながら避《よ》けんの、めっちゃ疲れる……！)

この繰り返しで勝てるとはわかっていても、命を張りながらの作業プレーは落ち着かない。疲労も蓄積すれば明日以降の探索にも影響する、さっさと終わらせてしまいたい。

スライムは遭遇した時に比べ、六割ほどの大きさにまで削れている。それでもロザリオのおかげなのか、破壊光線は一向に止《や》む気配がない。

(なんとか破壊光線だけ止められればいいんだけどなぁ……)

盗賊である私には魔法を封じることも、反射魔法を使うこともできない。魔力を吸収する手段もなければ、聖属性吸収の装備も持っていない。

そんな私にできることはないだろうか。破壊光線を連発する敵に対し、盗賊の私ができることと……。

……盗賊の私にできること？

………盗めばいいのでは？

ロザリオがあることで破壊光線を撃てるなら、ロザリオを盗めば破壊光線は止まるはずだ。

だがスライムはまだ一軒家ほどの大きさを保っている。

ロザリオはスライムの体深くに埋まっており、手を伸ばしたところで回収できる範囲《リーチ》にはない。

だが先日のレベリング中、敵に触れなくても盗めることに気がついた。ボスには逃げるも即死も無効だが、盗むは有効なハズ。理屈で考えればスライムの体内からも盗めるハズである。

「試してみるか！」

私はロザリオに狙いを定める。

が、スライムはこちらの意図に気づきでもしたように、すかさず破壊光線をブチかましてきた。正面から迫る大光量に目が眩《くら》み、思わずロザリオから目を逸らす。回避には成功したが、私の左手は空《くう》を切っていた。

「ふふ、やってくれるじゃん……！」

敵に触れる必要がなくても、対象を視認し続けられなければ【盗む】は不発。

対象を視界に収めつつ、ノータッチ【盗む】の発動まで約二秒。

だが破壊光線を正面から凝視してしまえば目が眩む。

すなわち破壊光線を避け、次弾を撃ち込まれるまでが盗むのに適したタイミングだ。

「……ちょっと怖いけど、やるしかないよねぇ」

私は覚悟を決め、深呼吸。

意を決して目を瞑《つむ》り、スライムの前に姿をさらけ出した。

瞬間。まぶた越しに光の迫る気配――跳躍。

熱風が足元を抜けたことを感じ、目を開く。眼下には破壊光線を撃ち終えたばかりのスライムが鎮座していた。

「緊張感のあるボス戦、ありがとっ！」

私はロザリオを凝視し、左手を振りかぶる。今度は確かな金属の感触、恵みのロザリオを奪取した。

——その後、ロザリオを奪われたスライムとの戦闘は、もはやただの消化試合に成り下がった。

緑色に戻ったスライムはもう破壊光線を撃てず、思い出したように毒の粘液を飛ばす攻撃に切り替えはじめた。

私はそれをひょいひょいと横にかわし、炎のリング×10の火炎球《ファイヤーボール》で攻撃。

それを繰り返しているうちにスライムは消滅。入室と同時に閉じられていた扉が開き、出口への脱出ゲートも出現した。

「まさか初のボス戦でこんなに苦戦するとは……」

依頼者には二度とロザリオを落とさないよう忠告しておこう。適性レベルの冒険者じゃ、命がいくらあっても足りないからね。

とりあえずボスは倒したんだし、報酬くらいはもらって帰るとしよう。スライムのいた場所では、二個の宝箱ちゃんが私に開けられるのを待っている。

盗めるアイテムとボスドロップ報酬は別物だ。もしボスドロップ枠にレアも設定されている場合、それはそれは過酷なボス周回が必要になる。

周回方法は簡単だ。脱出ゲートを破壊することで、ボスは即時復活する仕様となっている。普通に帰還した場合は一ヶ月だけボスの討伐判定が残り、その間は脱出ゲートが使い放題になる。それ以降に訪れると再戦だ。

ビッグ・グリーンスライムには重要なレアドロップはない。そのため私は神に祈りを捧《ささ》げたり、乱数調整として開ける時間にタメを作ることもなく宝箱を開いた。

一つ目は、《毒進化の結晶》と呼ばれる強化アイテムだった。

本来、ビッグ・グリーンスライムがドロップする確定報酬だ。

属性結晶は装備を望んだ属性に変えられる錬金素材だ。いざという時にないとまあまあ困るので、とりあえず大事に取っておこう。

そして二つ目を開けた時、私は自分の目を疑った。

「これは……《極光《きょくこう》のリング》!?」

極光のリングは、炎のリング同様に属性魔術が込められた指輪である。

先ほど私がスライムへ攻撃手段として使ったように、素質がない者でも簡単に攻撃魔術を使うことができる。だが極光のリングは他属性の指輪に比べて性能がケタ違いである。なぜなら極光のリングが使用できる魔術は、破壊光線なのだから。

「きっとボスがビッグ・ホーリースライムになってた影響だよね……」

想定外の苦戦を強いられたが、その分だけ報酬が良くなったと思えばラッキーだ。

終わり良ければすべてよし。私は脱出ゲートを使い、滝裏を後にした。

依頼を達成した私は、冒険者ギルドへ戻ってクエストの完了報告。そしてガーネットさんの胸元で泣きべそをかいていた。

◇

「もうっ、リオさんって意外とおバカさんですね。私は冒険者ギルドの受付嬢ですよっ？　ケンカくらいで怖がったりするわけないじゃないですか」

「本当ですかぁっ……？　目の前でケンカした私のこと、嫌いになってませんかぁ……？」

「嫌いになるわけないじゃないですか。だってリオさんはなにも悪いことをしてないんですから」

ガーネットさんは私の頭をよしよしと撫《な》でながら言う。

「でもケンカが終わった後、ガーネットさんの表情が引きつってました！」

「あ、あれは違いますっ！　リオさんがすごい冒険者だったということがわかって、私もどう対応していいか……ちょっと悩んでしまっただけです」

「暴力女を嫌いになるかどうか悩んでたんですかっ⁉」

「違いますって！　敬語を使ったりしたほうがいいかなーとか、いままでが馴《な》れ馴《な》れしかったかなーとか」

「ずっとこのままがいいですっ！」

「ですよねっ。私もそう思ったのでいままで通りにすることにしました。これでよかったですか？」

「はいっ！　ガーネットさん、大好きですぅっっ‼」

「私も大好きですよー」

無遠慮に抱き着く私のことを、ガーネットさんは大人の余裕で慰めてくれた。

「と、お話は少し戻りまして。これでリオさんはCランク冒険者に昇格です、おめでとうございます！」

「ありがとうございます！」

私は青枠のCランクライセンスを受け取り、自分の首にかける。これでまた一歩、クラン結成の夢へと近づいた。

ちなみに依頼達成報酬として12万クリルを獲得。これで手持ち金は353万↓365万クリルとなった。

「ところで……リオさん。これから少しお時間はありますか？」

「はい。特に用事はないですけど」

するとガーネットさんは辺りを見回し、周囲の注目がないことを確認して私に耳打ちする。

「ギルドマスターがリオさんに話したいことがあるそうです。よろしければ私についてきていただけますか？」

「……ギルドマスターが？」

「はい。内容は聞いてませんが、昨日の騒ぎと関係してるとは思います」

「あらら、やっぱりお叱《しか》りですかね？」

「どうでしょう……詳しくは聞いてませんが、処罰ということはないと思います。その場合、リオさんに選択権は与えられませんので……」

「なるほど。とりあえず今からでも問題ないですよ！」

「ありがとうございます。では、ついてきていただけますか？」

ガーネットさんに促されて受付カウンターの中に入り、冒険者ギルドの奥へ案内される。

（ちょっとドキドキするなぁ）

だってゲームにはこんなイベント存在しない。受付奥にあるギルマス部屋なんて、内部データでも存在してないはずだ。

そんな場所に足を踏み入れることができるなんて、一人のクラジャンファンとして滾《たぎ》るようなものを感じてしまう。

案内された先は両開き扉の部屋の前だった。ガーネットさんは扉を軽くノックすると「冒険者リオさんをお連れしました」と声をかける。中からは「入りたまえ」とダンディボイス。

私はガーネットさんと軽く目配せをして頷き合い、ギルドマスターの部屋へと足を踏み入れたのだった。

「オレがニコルのギルドマスター、グレイグだ」

「先ほどCランク冒険者に任命されたリオです。招集に応じ、参上いたしました」

「ああ、かしこまらなくていいぜ。オレも元は冒険者だ、楽に話してくれ」

腰をかけたままのグレイグさんに傅《かしず》いていた私は、ゆっくりと頭を上げる。

（うわっ、冒険者ギルドのトップって感じだなぁ……）

体が、デカい。転生直後に会ったオークを思い出すくらい。

座っていても私より背が高い、きっと立ち上がれば二メートルはあるだろう。ワイシャツのようなものを着ているが、内なる筋肉でパツンパツンになっている。

「まずはCランクの昇格、おめでとう。まだ若いのにCランクなんてやるじゃねえか。お前のような冒険者が力を貸してくれて助かってる」

「お褒めにあずかり光栄です！」

「しかも聞いた話によると、まだ冒険者になって日が浅いらしいな？　……どれくらいだ？」

「十五日です」

傍らに控えていたガーネットさんがするりと答える。

「十五日でCランクたぁ、信じられねえ早さだ。普通の冒険者じゃ早くて二年、オレもFからEに上がるには一ヶ月かかった」

グレイグさんの威圧するような目がギョロリと向けられ――私はごくりとツバを飲み込んでしまう。

「しかも投影の水晶じゃ、レベル92って結果が出たそうだな。見たことも聞いたこともねえ、驚異的な数値だ」

唇を引き結び、額に冷や汗が流れるのを感じる。

淡々と並べられる事実。

褒められているはずなのに、なぜか問い詰められているように感じてしまう。

（……具体的に聞かれたら、どう答えよう）

レベリングをしたことは隠せないし、アサシンダガーのことくらいは話してしまおうか？

だがアサシンダガーを手に入れるためにはアダマンタイト、もしくはそれを買うだけのお金が必要だ。入手経路を聞かれたらまた返答に困ってしまう。

グレイグさんの声に耳を傾けながら、私は必死に言い訳を考える。

が、次の問いを聞いた瞬間。頭の中が真っ白になってしまった。

「ズバリ聞くが、リオ。《奈落》に潜ってるだろ?」

「……………」

いきなりの核心に、否定することができなかった。

まるですべてを見透かすような視線に耐えられず、私は愚かにも……視線を落としてうつむいてしまう。

Fランクだろうが Cランクだろうが、挑戦できるはずもない最難関のダンジョン。探索に入ったSランクパーティーですら、全滅のウワサが立っている。

普通に考えれば、この質問に対する答えはノーだ。

……それなのに私は、否定できなかった。ありえない質問に対し「そんなわけないじゃないですか!」と否定できなかった。

グレイグさんは沈黙した私を、黙って見下ろしている。

違いますと口にしたいのに、肝を冷やしてしまい声を絞り出せない。この沈黙こそが肯定の表明になるとわかっているのに。

冒険者ランク以上のダンジョンに潜ることは、原則的に禁止とされている。つまり私はギルド規則にそむく行為をしていたと、自白してしまったようなものなのだ。

(………どうしよう)

ライセンスを剥奪《はくだつ》されてしまうかもしれない、そうなれば私は永遠に目標を叶《かな》えられない。

ライセンスがなくても生きていくことはできる。だがギルドに関われない冒険者は、孤独に生きていくしかない。誰とも関われない社会の外で。

「なにやら勘違いしているようだから言っておくが……」

絶望で心がぐちゃぐちゃになった私に、グレイグさんが咳払《せきばら》いをしながら言う。

「オレが期待してるのは『奈落に潜っています』という答えだ」

「…………え？」

予想外の言葉に、私は間抜けな声を出してしまう。

グレイグさんは頬をポリポリと掻《か》きながら、ガーネットさんに向かってお伺いを立てる。

「……話す順番が良くなかった、か？」

「そうですよ、マスター。リオさんがこんなに怖がってるじゃないですか！」

黙って話を聞いていたガーネットさんがこちらに駆け寄り、ぎゅうっと私の体を抱きしめてくれる。

途端に緊張の糸が切れた私は、へなへなとガーネットさんの抱擁に身を任せてしまう。

「そ、それはすまなかった。実はある貴族から、ちと厄介なクエストを持ち込まれちまったんだ」

「厄介なクエスト、ですか？」

「ああ。奈落に生息するヒュドラから、心臓を回収をしてきてほしいって依頼なんだ」

ヒュドラ。

奈落の一九層から二五層に出現する、Sランクの魔物だ。転生後に見たクエストの中では、断トツに難易度の高いものだ。

「……どうしてヒュドラの心臓を必要としているんです？」

「依頼主のご夫人が難病を患っちまったみたいでな、その治療薬を作るためヒュドラの心臓がどうしても必要らしい」

しかし奈落はSランクダンジョン、誰もが気軽に請け負えるクエストではない。

頼みの綱となるパーティー《聖火炎竜団》は行方不明。有力なAランクパーティーにも断られ頭を抱えていたところ……レベル92の冒険者の話を聞き、私に声をかけたとのことだった。

「あ、あはは。そういう、ことだったんですね……」

「もうっ、マスターはお話が下手《へた》すぎますっ！　今度からリオさんに伝言がある時は、私を通してくださいねっ？」

「わ、わかった。ビビらせちまって悪かったな……」

ぷんすこ怒るガーネットさんに、グレイグさんはタジタジとしている。どうやら強面《こわもて》のギルドマスターも、ガーネットさんには強く出られないらしい。

「で、どうだ？　奈落でのヒュドラ討伐依頼、受けてくれるか？」

「はいっ！　私なんかでよろしければ！」

「おお、受けてくれるか！　助かるぜ！」

「でも……いいんですか？　私はギルドの規則を破っていたんですよ？　なにか罰があったりは……？」

おそるおそる訊《たず》ねると、グレイグさんは豪快な笑い声をあげながら言った。

「罰なんてもんはねえよ。規則があるのは血気盛んな冒険者を、無駄死にさせないためのもんだ」

「そうですよ、リオさん。規則は冒険者を縛るものではなく、守るものなんです」

「腕自慢の冒険者は無謀な挑戦をしたがるからな。だが規則が優秀な冒険者の邪魔になるなら、例外くらい認めてやらぁ」

「じゃあ許してくれるんですか⁉」

「許すもなにも、頼んでんのはこっちだぜ？　ほら、お前のライセンスを貸してくれ」

グレイグさんにライセンスを手渡すと、大きな印章で判をする。そこには赤のインクで『特例探索者』の文字が刻まれていた。

「リオを当ギルドの《特例探索者》に任命しよう。ギルドマスターの名において、リオに全ダンジョンの探索許可を出す！」

「あ、ありがとうございますっ！」

嬉しい‼

まさかギルドマスターから正式な許可がもらえるなんて！

「じゃあ少し待っててくれ。もうじき依頼主のご令嬢が訪ねてくるからよ」

「え？　今からですか？」

「ああ。自分の護衛を任せられる相手が、どんなヤツか見てみたいって言うんでな」

「護衛？　ちょっと待ってください、これって採集クエストじゃなかったんですか？」

「実はその辺の事情も複雑でな――」

コンコンコン。

言いかけの言葉は、ノック音によって掻き消された。

「ウワサをすれば影、だな」

グレイグさんが入室の許可を与えると、ぎぃと音を立てて扉が開かれる。

「失礼します」

そう言って姿を現したのは、金髪ポニーテールの女騎士だった。

(うわぁ、すっごい美人さんだ……！)

鼻筋の通った端正な輪郭に、宝石のような翠《みどり》の瞳。女の私でも見惚《みと》れてしまうほど美しい。

しばらく訪問者の美しさに惚《ほう》けていたが、ご本人サマと目が合い我に返る。

「……もしや、貴女《あなた》がクエストの受託者か？」

「えっ！？　あっ、はい、多分！」

「そうか」

へどもどする私に対し、女騎士は鷹揚《おうよう》に頷く。そして――

「私は騎士リビングストンが長女、フィオナ・リビングストン！　此度《こたび》の依頼を受けていただいたこと、誠に感謝するっ!!」

気迫に満ちた名乗りに、私はビビってしまい裏声を出してしまう。

「ありがたきお言葉ぁっ!?　フィオナ様のお力になれること、恐悦至極に存じますぅぅっ！」

「ど、どうした。なぜ急に床で丸くなる？」

「私の故郷では目上の方にこうする習わしなんですぅぅぅ!!」

私はガクブルと震えながら、土下座でフィオナ様に平伏する。

「そ、そんなことはしなくていい。なにをそんなに怯《おび》えているのだ？」

「だだだって！　フィオナ様は貴族令嬢であらせられるのでしょう!?　失礼を働けば不敬罪で、縛り首になるので御座候《ござそうろう》!?」

「しっ、縛り首になんてするわけないだろう!?」

するとフィオナ様は咳払いをした後、私を安心させるような優しい声で言った。

「リビングストンの爵位は父一代のものだ。貴女との間に身分差はないから、そう怯えないでほしい」

「は、はいぃぃぃ……」

特別クエスト：『ヒュドラの心臓』の回収、および回収者の護衛
達成報酬：1000万クリル

Episode5　魔法剣士フィオナ

自己紹介が済んだ後。

私は改めて護衛対象の女騎士、フィオナ様を眺めまわす。

（う〜ん、美しい……）

身に纏《まと》う胸当て付きのワンピースは、《ベルシュヴァリエ》と呼ばれるAランク防具だ。ゲームで見たどのアバターよりも美しく着こなしている。

だが胸当てには幾重もの傷が刻まれている。腰に下げた長剣も使い古された痕《あと》があり、貴族儀礼に用いるようなものではない。

見かけだけの騎士ではないことは明白だ。だが――

「フィオナ様、ひとつお伺いしてもいいですか？」

「なんでも聞いてくれ」

「どうして依頼内容に護衛が含まれているのですか？　御自《おんみずか》らダンジョンに潜る必要はないんじゃないでしょうか？」

「なにを言う。私は誉れある騎士、リビングストンの娘だ。母上が苦しんでいる時にこそ、立ち上がらなくてどうする」

「でもヒュドラがいるのはSランクダンジョンですよ？　お母様の命を救うため、フィオナ様が危険にさらされては本末転倒なのでは？」

「大丈夫だ、父上の了承は得ている」

逆にお父様の常識が心配になるんだけどっ⁉

グレイグさんとガーネットさんに目配せすると、二人とも引きつった笑みを浮かべていた。

そんな私たちの心配など露知《つゆし》らず、フィオナ様は得意げな笑みを浮かべている。

「父上は武功により爵位を得た武官だ。私も同じく騎士の道を志し、父もまたそれを喜んでいる。それに私だってAランクの冒険者だ、決して足手まといにはならないはずだ」

「えっ、すごい。才能はなにをさずかってるんですか？」

「《魔法剣士》だ。それに第二・第三才能として、《氷魔術師》と《風魔術師》もさずかっている」

「やばーーーっ！」

ついに現れた。

覚醒の儀という運ゲーで、大当たりを引き当てた冒険者が！

第二才能だけでなく、第三才能もさずかるなんて豪運が過ぎる。しかも魔法剣士はエンドコンテンツでも活躍できる、超火力要員だ。

こんだけ美人で優れた才能までもらえるなんて、神様に愛されてるとしか思えない。

（でも……なんか不安だなぁ）

フィオナ様は強いといっても、Aランクだ。

Sランクに指定された奈落では、まるで歯が立たないだろう。

しかも仰《おお》せつかったクエストは護衛である。

私がソロで戦う分には、極限まで上げた回避率でなんとかなる。だが護衛となれば簡単とは言いがたい。

なにより一番の懸念は、フィオナ様からにじみ出る底知れぬ自信だ。

確かにフィオナ様は他の冒険者に比べれば、とてつもないエリートだろう。

だが変なプライドを持たれたまま探索を始めれば、指示や連携が上手《うま》く通らないかもしれない。

相手が貴族令嬢でも変に遠慮すれば命にかかわる。そのためお互いの関係性はハッキリさせておいたほうがいいだろう。

「フィオナ様、ちなみにレベルはおいくつですか？」

「レベルは47だ。なんとか今年のうちに50の大台に乗せたいと思っている」

「そうですか、全然足りないですね」

「えっ」

突然の否定に、フィオナ様の端正な顔が凍りつく。

「ヒュドラの生息階層は奈落の一九層から二五層です。最低でも一〇層のフロアボス戦と、ヒュドラ戦にも参加してもらう必要があります。するとレベル70は欲しいですね」

「レ、レベル70、だと？　私は47まで上げるのに三年もかかったのだぞ、70なんてすぐにいけるはずが……」

「いけますよ。レベル92の私が言うんですから間違いないです」

「!?」

フィオナ様の顔が落書きでもしたように歪《ゆが》む。……が、すぐに気を取り直してツッコミを入れてきた。

「い、いくらなんでも見え透いたウソをつくな！　レベル92の冒険者なんて王国史上でもいるかどうか……」

「本当ですよぉ。もちろん盗賊だからレベルが上がりやすい、というのもありますけどね」

「なっ、リオは盗賊なのか⁉」

「はい！　便利なスキルばかりなので、だいぶ楽をさせてもらってます！」

「バ、バカな。盗賊といえば戦闘種でも非力な部類ではないか。……グレイグ殿っ、リオの言うことは本当に信用できるのですか⁉」

話を振られたグレイグさんは、苦笑しながら首を縦に振る。

「間違いねぇよ、投影の水晶でも直接確認した。冒険者になってからの立ち回りも聞いたが、ウソや矛盾は見つからなかった」

「ほ、本気で仰《おっしゃ》っているのですか？　しかしグレイグ殿の言葉とはいえ、すぐには信じがたい……」

「ではっ！　今からお試しで奈落に潜りませんか？」

「い、今から？」

「はい。ご自身の目で見てもらったほうが早いですし、フィオナ様のレベリングもしておかないと」

「し、しかし赴くのはSランクダンジョンだぞ？　もう少し入念な準備や、作戦会議をした上で……」

「善は急げ、ですよっ！」

そう言って、押し切った。

戸惑うフィオナ様の背を押し、受付へと連れていく。パーティーの仮組みをするためだ。

だが私たちが列の最後尾に並ぶとギルド内の空気が一変。あちこちから囁《ささや》き声が聞こえてきた。

「お、おい。盗賊娘が連れてるのって《氷剣の舞姫》じゃないか？」

「氷剣の舞姫って……最近Aランクダンジョン《火吹《ひぶき》》を踏破した女冒険者だろ!?」

「そんな冒険者が、どうして盗賊なんかと一緒に!?」

そして受付を担当するガーネットさんの一言で、冒険者たちのざわめきはピークへと達した。

「はいっ、これで二人は正式に冒険者パーティーとなりました。安全第一で、がんばってくださいね！」

「ありがとうございます！」

私たちは奇異の視線を受け流しつつ、冒険者ギルドを後にしたのだった。

◇

それから少し歩き、ニコル郊外のフィールドに到着。

「……本当に大丈夫なのだろうな？」

フィオナ様が隠す様子もなく疑いの目を向けてくる。

「大丈夫ですよぉ、私にお任せください！　とはいえ、先に検証させてもらいますけど」

「検証？」

「はい、パーティー行動は今日が初めてなので！」

「……ちょっと待て。まさかリオはずっとソロだったのか？」

「そうですよ！　といっても冒険者になったのも半月前なんですけど」

「…………なにやら幻聴が聞こえた気がするな」

フィオナ様はどこか疲れた表情で、こめかみのあたりを押さえる。片頭痛だろうか？

そんなこんなで奈落に向かって歩いていると、正面にストーンゴーレムが見えてきた。

すると後方から鋭い殺気。敵を前にしたフィオナ様が臨戦態勢に入っている。

「フィオナ様」

「わかっている。早速だがリオのお手並み拝見させて——」

「いえ、絶対にこちらからは攻撃しないでください」

「なにを言っている、この距離で戦闘は避けられない。相手に気づかれてない今が、先制のチャンスだろう？」

「黙って私の言う通りにしてください」

魔物も近いので真剣な声で言うと、フィオナ様は面食らった表情で頷《うなず》いた。

（今日が初のパーティー行動だ。だからしっかり検証しておかないとね）

ここまでずっとエンカウントなしを発動させながら歩いてきた。

そして目の前にはようやく気づいてくれそうな魔物の影。それなのに先制攻撃なんてしたら、せっかくの検証が台無しになる。

ここで言う検証とは、【エンカウントなし】がパーティー全員に対して発動するかどうか、だ。

ゲームの常識で考えれば当然エンカウントすることはないのだが、リアルでは違う挙動を取るかもしれない。

レファーナさんに命を大事にしろと教わり、いまはフィオナ様の護衛も任されている。些細《ささい》なことでもしっかり検証しなければ。

私たちは黙ってゴーレムに向かって直進し——その横を素知らぬ顔で通り過ぎていく。

フィオナ様はゴーレムに剣を向け続けてはいたものの、なんとか私の言う通り手を出さずにいてくれた。そうして魔物に気づかれず距離を置いた後、フィオナ様が声を荒らげて訊《たず》ねてきた。

「お、おいっ、今のはなんだ⁉　なぜゴーレムは私たちに気づかなかった⁉」

「エンカウント率減少のスキルを極めたからです。これさえあれば魔物たちに見つかることはありません」

「魔物に見つからない、だと？」

「はい。こちらから攻撃しない限りは、ですけど」

「なんだその反則みたいなスキルは。まる幻術のようではないか……」

「そうかもしれませんね。なので基本的にはこちらから攻撃しないでください」

「あ、ああ」

見慣れないスキルに驚いたのか、フィオナ様は口を半開きにしたまま頷いた。

ダッシュも試してみたところ、フィオナ様も同様に五倍速で移動することができた。どうやら盗賊スキルはちゃんとパーティー全員に及ぶらしい。

よかった。これでフィオナ様の護衛も少しは楽になるだろう。

それから歩くこと数十分、私たちは奈落の入り口に到着した。

入り口には今日も衛兵が立っている。いつぞやの聖水をくれた親切な二人組だった。

「こんにちはー！」

「ん？　君は確か先週に会った……方向オンチのDランク冒険者じゃないか」

「お久しぶりです、先日はお世話になりました！」

「で、今日はどうしたんだ？　また道にでも迷ったのか？」

「いえ、今日は奈落に用があってきたんです」

「なにを言っているんだ？　Dランクの君が奈落に入れるわけがないだろう」

「見てください」

私は冒険者ライセンスを衛兵の前に突き出した。

「ああ。Cランクに昇格したのか、おめでとう。でも奈落のランクはSだぞ？」

「あ、見てほしいのはこっちです」

そう言ってライセンスに押された印を指差した、そこには《特例探索者》の文字の押印がされてある。

「と、特例探索者!?　Cランクの君がっ!?」

「はい。色々あって認められちゃいました！」

「いやいや、認められちゃいましたって……」

二人の衛兵は不思議に思いはしたものの、ギルマスの印が本物であることを確認すると通してくれた。

「……リオに出会ってから、私の中の常識がことごとく崩れているのだが」

「大丈夫ですよ。フィオナ様の常識も、すぐに私と同じものになるはずですから！」

「それはそれで恐ろしいのだが」

「さあフィオナ様、着きましたよっ！」

「ここが、奈落……なのか」

目の前に広がる無数のクリスタルに圧倒され、フィオナ様が思わずといった様子で息を呑《の》む。

（その気持ち、わかるなぁ……）

私も初めて来た時は、あまりの美しさに見惚《みと》れてしまった。キラキラに目を奪われてしまうのは、女の本能なのだろうか？

「すっごい綺麗《きれい》ですよね、私も初めて来た時は息を呑んじゃいました」

声をかけるとフィオナ様は肩をびくっと震わせて、誤魔化すようにそっぽを向く。

「べ、別に目を奪われていたわけではないっ」

「ふふっ、そういうことにしておきましょうか」

「だ、だから私はだなっ！」

「――静かに」

私たちの少し先にいたスマートガーゴイルが、耳と鼻をピクピク動かしている。

「……あ、あれは？」

「スマートガーゴイルというAランクの魔物です。飛べる魔物は厄介なのであまり相手にしたくありません」

「だがレベリングをするのではなかったのか？　あのくらいの魔物であれば、二人でかかれば……」

「だとしても面倒です。相手からの接近を待たないと打撃も入りませんし、盗める品もおいしくない、つまりコスパ０点。それよりあっちのレッドドラゴンにしましょう」

「レ、レッドドラゴン!?」

私が指を差した先には、ブリザードフェンリルの死体を食らうレッドドラゴンがいた。

「レッドドラゴンといえば西のＡランクダンジョン、火吹のダンジョンボスではないかっ！」

「よくご存じですねっ！」

「当たり前だ！　国内では三大難関と呼ばれるダンジョンのひとつだぞ!?　……まさかここには一層からあんな魔物がゴロゴロしているのか!?」

「ええ、いますよ。レッドドラゴンは経験値効率がいいから好きなんですよねっ！」

「好き……？」

フィオナ様が意味がわからないという表情で、私の顔をジロジロと見ている。

「じゃあフィオナ様。早速ですがレッドドラゴンに一撃《ちょっかい》を入れてきてください」

「ま、待て。今からレッドドラゴンと戦闘に入るつもりなのか？」

「そうですよ。フィオナ様は氷魔法剣の使い手ですよね？　有利属性なのでズババーンと殴ってきてください」

「しかし相手は強敵だぞ!?　もう少し入念な準備をだな……」

「あーもう。じゃあちょっと見ててください」

めんどくさくなった私は、レッドドラゴンに突っ走ってダガーを一薙《ひとな》ぎ。即死は入らなかったものの、赤の巨体を両断した。

「は……？」

レッドドラゴンの討伐を終えて戻ると、フィオナ様は呆然《ぼうせん》とした表情でその場に立ち尽くしていた。

「見てください、運よく炎のリングを一発で盗めましたよ！」

「炎のリングって……火炎球《ファイヤーボール》を何度も発現できる、あの炎のリングか？」

「はい、一発で盗めたのも何かの縁ですし、記念に差し上げますね」

「こんなレアアイテム、もらえるわけないだろう！」

「でも私は十個以上持ってますから」

ポーチに片手を突っ込み、炎のリングを鷲掴《わしづか》みで取り出した。

「……え？　あ？　は？」

私の手にある11個のリングを見て、フィオナ様が言葉にならない声を出す。

「オススメは全部の指に装備して、火炎球《ファイヤーボール》を全弾発射することです！」

百聞は一見に如《し》かず。

私は炎のリング×10を装備して、近くにいたブリザードフェンリルの群れに両手を突き出した。

両手から放たれた特大火炎球《ファイヤーボール》が、群れの中央で爆発四散。フェンリルたちは跡形もなく消え去った。

「ン〜〜〜気ン持ぢぃぃ〜〜〜！　フィオナ様もやってみます⁉」

フィオナ様は瞬《まばた》きもせず、引きつった笑みだけを浮かべていた。

◇

「グレイグ殿の言う通り、リオは有能な冒険者であった。失礼があったことをここにお詫《わ》びする」

「あ、頭なんて下げないでください！　恐れ多いですっ」

「いや、私は護衛を頼む相手に礼を失し続けた。禍根は残したくない」

「気にしないでください、フィオナ様に安心してもらえたなら十分です！」

「……そう言ってくれると助かるよ」

フィオナ様が安堵《あんど》したとばかりに肩の力を抜く。

「しかし先ほどのアレは……スティール＆アウェイとか言ったか？　あのような使い方をよく考えたものだ、とても冒険者になって二週間の発想とは思えない」

「あ、あはは……」

さすがにその辺は説明しようがないので、寝る前にひらめいたとか言って誤魔化した。

「リオの実力はこの目でしっかり見せてもらった。改めて正式に護衛をお願いしたい、頼まれてくれるか？」

「もちろんです。でもその前にレベルを上げておきましょう！」

「……レベル70まで上げるという話か。疑うわけではないのだが、本当に可能なのか？」

「もちろんです。フロアボスの戦闘が避けられない以上、フィオナ様には最低限のレベルまで成長してもらう必要があります」

奈落一〇層のフロアボスには二人で挑むのだ、フィオナ様に置物のままでいてもらっては困る。

「フィオナ様は二属性魔術の使える《魔法剣士》と伺ってます。レベル70まで上がれば火力はフィオナ様のほうが上になるので、ボス戦では私がサポートに徹します」

「ま、待て待て待て！　レッドドラゴンを一撃で倒せるリオがサポートだと!?」

「それはそうですよ。盗賊がいくらレベルを上げても、全才能中でも屈指の火力を出せる魔法剣士には敵《かな》いませんって」

これはフィオナ様が魔法剣士と聞いた時から考えていた戦闘プランだった。

私が【挑発】でボスの注意を引きつける回避盾役《タンク》となり、その隙《すき》をついてフィオナ様に大火力を叩《たた》き込んでもらう。これがフィオナ様のダメージを最小限にし、攻略できる唯一のプランだ。

魔法剣士の使う【魔法剣】は、物理攻撃と魔力を加算した大火力スキルだ。盗賊の私がちょこまかと短剣で傷つけるよりは、遥《はる》かに早く討伐できるだろう。

「そうだ！　差し支えなければフィオナ様のステータスを確認してもよろしいですか？」

「それは構わないが……」

「ありがとうございますっ！」

私は許可をもらうと同時――パーティーメンバー、フィオナ様のステータスを確認する。

フィオナ

才能

▶魔法剣士 (レベル：47)
氷魔術師 (レベル：35)
風魔術師 (レベル：22)

スキルポイント：43

装備品

プラチナムキャリバー(A)
ベルシュヴァリエ(A)
エンジェリック・リボン(A)

習得スキル

氷魔法剣【LV：6】／氷魔法【LV：6】／風魔法剣【LV：2】／風魔法【LV：2】／武器両手持ち／回復薬効果上昇【LV：3】／魔力自動回復【LV：5】／挑発／捨て身の一撃／横薙ぎ一閃／受け流し／攻撃力上昇【LV：2】／防御力上昇【LV：2】／魔力上昇【LV：2】

うーん。正直、思った以上にレベルが足りていない。

ぶっちゃけこれでAランク冒険者になれるのか、なんて思ってしまった。それになぜか第三才能だけ、やたらレベルが凹《へこ》んでいる。

「風魔術師のレベルが低いのは、なにか理由があるんですか？」

「氷弱点の魔物と遭うほうが多かったからな、そのため風はあまり鍛えてない」

「両方鍛えなきゃもったいないですよ！　それに風属性も育てないと【吹雪剣《ブリザードソード》】が使えないじゃないですか！」

「吹雪剣《ブリザードソード》？　なんだそれは？」

(あっ、そこからなんだ)

吹雪剣《ブリザードソード》とは氷魔法剣＋風魔法剣の性質を併せ持ったコラボ技だ。両属性の魔法剣をレベル5まで上げると習得できるようになる。

攻略サイトを見れば誰でも手に入る情報なのに。……なんて思ったが、この世界にそんなものあるはずがない。

この世界にはヘルプもなければ、チュートリアルもない。そんな世界で生きていくのであれば……なるほど。レベル47でAランクに認定されるのも頷ける。

フィオナ様は一時的なパーティーメンバーであるとはいえ、情報を出し惜しむつもりはない。だからコラボ魔法剣は絶対に習得すべきだとフィオナ様に力説する。

「なるほど、そんな技が存在するのか。リオは盗賊以外の知識まで幅広いのだな」

「ふふん、任せてください。質問だって受け付けてますよっ！」

「ではお聞きしたい。私の取得スキルについて、どう思う？」

「正直なところ、もう少し統一性を持たせたほうがいいと思います」

魔法剣と属性魔法をしっかり育てている点は問題ない。だが他の取得スキルがちぐはぐだ。

例えば【武器両手持ち】で盾装備を放棄しているのに、挑発も同時に取っている。盾役《タンク》になりたいのか、攻撃に回りたいのかあやふやだ。

そのことを指摘すると、フィオナ様はバツの悪そうな表情で言った。

「それは……私が傭兵《ようへい》のようにパーティーを転々としていたせいだ。所属したパーティーの穴を埋める形で、盾役《タンク》にも対応できるようにしていたから」

「なるほど。でもせっかく魔法剣士をさずかったんですから、火力に極振《きょくふ》りしたほうがいいと思いますよ？」

「わかった、今後は火力重視でスキルを獲得していこう。リオの意見は本当に参考になる」

「あっ、でもこれはあくまで私個人の意見です。盾役《タンク》に戻る可能性を残しておくなら……」

「いや、火力特化で構わない。少なくとも目の前の奈落探索を成し遂げなければ、母上の病は治せないのだから」

「……ですね。では、そろそろレベリングを始めましょうか」

「ああ。手を煩わせてすまないが、よろしく頼む」

目標は魔法剣士のレベルを70まで上げること。

レベルは保有する才能ごとに分かれているが、戦闘時のステータスはメインにセットした才能に依存する。

つまり魔法剣士レベルが100でも、風魔術師レベル1をメインにセットすればスライムと互角のステータスにまで下がってしまう。

才能レベルを1上げればスキルポイントは3上昇する。そのため多少苦労してでも全才能を育て、多くのポイントを確保しておくべきだ。

とはいえ、今は《ヒュドラの心臓》確保が最優先。

当面はメインに据える、魔法剣士のレベルが足りていれば問題ない。ということでレッツ、レベリング！

狙い目はもちろん、一層で一番多くの経験値を持つレッドドラゴン。即死が入らなくてもワンパンで倒せるようになったので、フィオナ様にも危険はない。

エンカウントなしからの絶対先制——初撃だけをフィオナ様に任せ、二撃目で私が討伐する。いわゆるパワーレベリング。

クラジャンでは戦闘に貢献しないと経験値は手に入らない。貢献とは攻撃だけに限らないので、回復魔法やアイテムを使うだけでも参加扱いになる。

そのため生活種のレベルも上げたい時は、後衛からアイテム係として参加させることが多い。

フィオナ様は魔法を使うこともできるが、今回はあえて魔法剣を使用した上での戦闘経験を積んでもらっている。

なぜなら現実のクラジャンでは、数値化されない体捌《たいさば》きも技術のひとつになっているからだ。

先日、ビッグ・ホーリースライムとの戦いで感じたことだった。

私は破壊光線を三十発ほど撃たれたが、一度の直撃も受けなかった。おそらく私が逃げるや盗むを繰り返す過程で、素早い動きに体が慣れていたからだろう。

これは、私たちの行動がステータスだけに縛られているわけではなく、本人の才覚や経験で変化させられることの表れだと思う。

もし私の回避率とスライムの攻撃命中率をゲーム上で算出したのであれば、全弾回避なんて絶対にできなかった。

だからこそ楽はしすぎず、体を使った特訓もするべきである。それが現実のクラジャンで得た教訓のひとつだった。

そして手あたり次第に魔物を狩り続けて――二時間が経過した頃。

フィオナ様が疲れきった表情で聞いてきた。

「リ、リオ……？　ちなみにこの鍛錬はいつまで続けるつもりなんだ？」

「え？　レベル70に上がるまでですよ？」

「一日ぶっ通しで続けるつもりだったのか!?」

「もちろんです！　いまフィオナ様はレベル59なので、あと七時間くらいですかね？」

「………リオはいつもこんなに過酷な鍛錬をしているのか？」

「過酷ですかね？　ちょっと前に来た時は十六時間くらい潜ってましたよ」

「じゅ、十六時間……」

フィオナ様は遠い目をしながら「ハハハ……」と薄ら笑いを浮かべ、捨て鉢なオーラを纏いながらレッドドラゴンに斬りかかっていった。

そしてレベリング開始から九時間後。

「フィオナ様！　そろそろ切り上げましょうか？」

そう声をかけるとフィオナ様は言葉もなく頷き、その場にぶっ倒れた。

「あらら、大丈夫ですかー？　よかったら干し肉でも食べます？」

「……もらえるか」

私はマジックポーチから干し肉と水筒を取り出し、フィオナ様へと手渡す。さすがにいきなり九時間はやりすぎだったかな？

でもお母様の病気のためだし、今日できることは今日やるに限るよね！

さて、それではレベル確認といきましょうか。まずは自分のステータスからオープン！

名前：リオ

才能：盗賊（レベル：92→95）
残りスキルポイント：513→522

うーん、まずまずかな？

経験値の振り分けもあったせいか、私自身に大きなレベルアップはなかった。とはいえ成長限界のレベル100も目前に迫ってきた。そろそろ別の才能を獲得する準備も始めたほうがいいかもね。上限解放用のアイテムもそのうち取っておかないと。

「フィオナ様、ステータスの確認はもうされましたか？」

「……リオが先に見ておいてくれ。私はもう少し、頭を空っぽにして休みたい」

「わかりました。それでは失礼して！」

私は続けてフィオナ様のステータスも確認する。

名前：フィオナ・リビングストン
第一才能：魔法剣士（レベル：47→72）
第二才能：氷魔術師（レベル：35）
第三才能：風魔術師（レベル：22）

残りスキルポイント：43→118

あっ、少しだけオーバーラン。

だが目標のレベル70を無事に一日で超えることができた。満足、満足。

「フィオナ様もレベル72まで上がってましたよ、お疲れ様です！」

「……そうか。本当に一日で達成したのか」

「これで明日にでも一九層を目指して、探索を開始できますね！」

私の言葉を聞いたフィオナ様は、口を半開きにして硬直。瞳にぶわっと涙を溜《た》めながら言った。

「な、なあ、リオっ……。明日は一日くらい休まないか？　一九層まで潜るなら往復に一週間はかかるし、食料や寝泊まりの用意だって……」

「それなら昨日のうちに買い揃《そろ》えてあります！　全部ポーチの中に入ってますよ！」

私は喜んでほしくてそう答えたのだが、なぜかフィオナ様は絶望した表情を浮かべていた。

ダンジョン深層に潜る際は、一日に五〜六層までという目安がある。ダンジョン内では外の正確な時間がわからないので、ペースがばらばらだと人間の体内リズムが狂ってしまいやすい。

そのため一定のペースを保ち、ダンジョン内に寝泊まりする必要がある。テントを張って【魔除《よ》けの香】や【聖水】で休憩所を作ってダンジョン内に泊まるのだ。

「お母様のためにも、一日でも早く薬を作ってあげましょう！　もしフィオナ様が望まれるなら、今から一九層に……」

と言いかけたところで、フィオナ様にがしっと両肩を掴《つか》まれる。

「リオっ！　母上を気遣ってくれて本当に嬉《うれ》しいのだが、今日くらいはベッドで休ませてくれ。頼むっ……！」

と、泣きそうな顔をされてしまい、私たちはおとなしくニコルへ帰ることにした、のだが――。

「リオ、ひとつ頼みがあるのだが……」

「どうされました？」

「実は既にひどい筋肉痛で動けない。……悪いが装甲を外してくれないか」

「よろこんで!!」

凛々《りり》しい女騎士サマのお着替えを手伝えるなんてご褒美すぎる！

私は嬉々《きき》としてフィオナ様の装備をパージさせ、胸当てに肩当て、小手をポーチへと放り込んでいく。

そして装甲部を外されたフィオナ様を見て、私は絶句した。

「こ、これはっ……！」

「……な、なんだ？」

一歩後ずさった私を見て、フィオナ様が怪訝《けげん》な表情をする。

私が驚いた理由。

それは装甲部によって隠されていた、フィオナ様の体つきだった。

つまり、なにが言いたいかっていうと……

「おっぱいでっか！　肩ほっそ！」

「は、恥ずかしいことを言うなあっ！」

フィオナ様は両腕で体を隠し、身を捩《よじ》る。

が、その行動がより煽情《せんじょう》したのは言うまでもない。

肩当てを失ったフィオナ様は、想像よりも華奢《きゃしゃ》だった。

疲労のにじんだ表情もあいまって、どこか庇護《ひご》欲さえ掻《か》き立てられてしまう。

……が、その対比で強調される胸の存在感が半端ではない。

さっきまで付けていた胸当てに、果たして厚みはあったのだろうか？　着痩せってレベルじゃねぇぞ！

長時間の鍛錬により髪は濡《ぬ》れ、疲労のにじんだ表情は儚《はかな》げ。

もはや今のフィオナ様に凛々しさはなく、妖艶《ようえん》さを漂わせている。

まさか装甲の下にもこんな〝才能〟を隠し持っていたとは……おそるべし女騎士！

「まったく。リオは非常識だな」

「常識の中で活動してもつまんないですからね！　それよりニコルまでは歩いて帰れそうですか？」

「……恥ずかしながら、今日はもう歩けそうにない」

「それなら任せてください！」

私はフィオナ様を背におぶり、ニコルの宿まで送り届けることにした。

「なにからなにまで申し訳ない……」

「気にしないでください。それに私は護衛です、大切な御身をしっかりと宿まで送り届けないと！」

「……ふふ。リオのほうがよっぽど騎士らしいな」

「こんな非常識な騎士、誰も雇ってくれませんよ」

「違いないな」

冗談の応酬で笑いあうと、フィオナ様が力を抜いてくれたのがわかった。

（誰かに頼られるって、心地いいな）

先日の猛毒草はこびで足腰が鍛えられたとはいえ、成人女性のほうが重い。

だが背中越しに感じる人の温かみと、頼られている実感で胸はぽかぽか温かい。

そんな心地よい感覚に身を任せていると、不意にフィオナ様がこんなことを訊ねてきた。

「時にリオ。お前の信念はなんだ？」

「なんですか急に。重いですね」

「お、重い!? すまなかった、ここで降ろしてくれ！」

「あーあー！　そっちの意味じゃなくてっ！」

背中から降りようと暴れるフィオナ様をなだめ、なんとか収まりのいい位置に背負い直す。

「私が重いって言ったのは、信念の話です！」

「……信念の話は重いか？　一個の人間として生まれた以上、誰しも自分の信念を貫いて生きるものだろう？」

「そう考えるのはフィオナ様が騎士だからですよ。普通の人はそんな小難しいこと、考えてませんって」

「では質問を変えよう。リオはなぜ私のクエストを受けてくれたんだ？」

「それは……報酬がおいしかったからですよ」

「いや、それだけではないだろう。目的が報酬だけならレベリングなんて手間は取らないはずだ」

「そんなことないですよ。守護対象のレベルが上がれば、護衛側の労力も下がりますし」

「だが初対面の相手に普通、ここまでしない。それなのにリオは嫌な顔ひとつせず、私の鍛錬に付き合ってくれた。赤の他人にそこまで尽くそうと考えた——リオの信念が知りたい」

「そんな大層なもの、私は持ち合わせてませんよ？」

「だがリオほどの傑物に会う機会は、そうあることではない。リオがなにを考え、実行したのか。それを教えてほしい」

なんか私の評価、死ぬほど高くなってません!?

しかも傑物ですって！

ふざけて言うならまだしも、フィオナ様の声音には冗談めいた響きがない。本気でそう思われているのだと思うと、なにやら頬《ほお》が熱くなってしまう。

（……でも信念、かぁ）

私を傑物と言い切ったフィオナ様は、きっと立派な答えを求めているのだろう。

だがいくら考えたところで、そんなものは出てこない。だからといって出まかせを口にするのも憚《はばか》られる。

だったら期待に応えられずとも、嘘偽《うそいつわ》りない気持ちを言うべきだ。

「フィオナ様。私は人に尽くすとか、そんな殊勝なことは考えてませんよ？」

「そうなのか？　ではリオはいつ何時《なんどき》、なにを見て行動を起こすんだ？」

「それはもちろん、面白そうだと思った時です！」

「……面白そう？」

「はい！　それが私の行動原理、信念です！」

私がそう言うとフィオナ様はしばし黙考し、冷静にツッコんでくる。

「いや、それはおかしい。面白さを追求しているのであれば、こんな面倒そうなクエストを受ける道理がない」

「なに言ってるんですか？　私はこのクエストを面白そうだと思って受けたんですよ？」

「どこに面白そうな要素があった？　リオだって言ってただろう、私のレベルではヒュドラにかなわないと。そんな足手まといを連れた護衛クエストなんて、面白いはずが――」

「めちゃめちゃ面白そうじゃないですかー！」

「……そう、なのか？」

「はい！　一人で無双するのも好きですが、パワーレベリングで友人をクラジャン沼に沈めるのも好きです！」

「友人を沼に沈める？　急に物騒な話になったな」

「いまのは物の例えっ！　人の成長を見るのも好きって意味です！」

「だが人が増えれば経験値は分散するだろう。一人で鍛えたほうが楽しいのではないか？」

「私はレベル90台なので、しばらく経験値には困ってないですから」

「……私もいつかそのようなことを言ってみたいものだな」

「それに私は冒険者を始めてからずっとソロだったんです。フィオナ様と冒険できるだけで、十分に楽しいんですよ？」

するとフィオナ様はわずかに息を呑み、どこか申し訳なさそうに言う。

「そういえば、そうだったな。リオがあまりに型破で、これまで一人だったことを忘れていた」

「だから今日はフィオナ様とご一緒できて、とても楽しかったです！　フィオナ様はどうでしたか？」

「……私も今日は楽しかった、気がする」

「それならよかったです。冒険者はクエストを消化しながら楽しめる、最高の職業ですね！」

「…………そうか、そのような考え方もあるのだな」

「え、なにか言いましたか？」

「いや、なんでもない。リオのことが少し、わかった気がしたのでな」

「？」

フィオナ様は一方的に会話を打ち切り、私の背でゆっくりと体の力を抜いたのだった。

◇

（――冒険者はクエストを消化しながら楽しめる、最高の職業か……）

リオに背負われたフィオナは、今しがた聞いた言葉を反芻《はんすう》していた。

そんなこと、考えたこともなかった。

冒険者とは命を懸けた職業だ。

ダンジョンには恐ろしい魔物が棲《す》んでいるし、クエストも危険な仕事を肩代わりするものである。

だからこそ冒険者になりたがる者は少ない。

もちろん成功を夢見て意欲的に取り組む者もいるが、できることなら安全な職に就きたいと思うのが普通である。

だがリオはそれを楽しいと言い切った。

取り繕った様子はみじんもない。まだリオと知り合って間もないが、嘘偽りなき言葉であることは疑いようもなかった。

そして同時に、自らの生き方を顧みる。

(私はリオのように、今の生き方を楽しんでいるのだろうか？)

父のように立派な騎士になりたい、いつか誇り高き主《あるじ》に仕えたい。

しかし、その果てに私は何を思うのだろう？

立派な主に仕えられたことが誇らしくとも……それは楽しいのであろうか？

楽しいかどうかで判別すべき事柄ではないのかもしれない。だが楽しいに越したことはないのは事実だ。

自分が面白みのない人間であることは承知している。

誰かの剣となる騎士に、面白みなど必要ないとも考えている。

だがそんな私相手でも、リオは楽しそうにしてくれていた。そして私も楽しんでしまっていた。

リオの戦術に魅了され、突飛《とっぴ》な言動に翻弄《ほんろう》され、今は背まで借りてしまっている。

(自分のほうが年上なのに、恥ずかしい)

しかし、みっともない姿を見せても、リオは平然と受け入れてくれている。それがたまらなく嬉しかった。

長時間の鍛錬はもう御免だが、早く次の探索に出たい。そんな童心を残していた自分がまた、嬉しかった。

Episode 6　目指せ一九層！　フィオナと行く《奈落》探訪記

そして体を休めた翌日。

……はフィオナ様の筋肉痛が治らなかったので二日後。いよいよヒュドラのいる一九層へ向かうことにした。

出発前に私とフィオナ様はグレイグさんの部屋へ。

今回の依頼は表に出していない特別クエストなので、人目のないギルマス部屋にて登録手続きをすることになっている。

「すごい！　本当に一日でレベル72まで上がってますよ！」

「これまでの常識が覆された瞬間だな……」

投影の水晶を覗《のぞ》き込んだガーネットさんが思わず声をあげ、グレイグさんも額に汗を浮かべてうなっている。奈落の探索は危険なクエストにあたるので、ギルドには出発時の情報をしっかりと確認する義務がある。

「いったいどれだけの鍛錬を積めば、こんなにレベルを上げられるんですか？」

「ハハハ……リオのレベリングは、すごかったですよ。本当に……」

フィオナ様がどこか疲れた声で答えると、ガーネットさんが心配そうに聞き返す。

「フィオナ様？　顔色が優れないように見えますが、大丈夫ですか？」

「……気遣わせてすまない、大丈夫だ。それにリオの話によれば、今日は戦闘しないと言っていたからな」

「そうですね。今日はエンカウントなしで、ひたすら奥に潜るだけになると思いますので」

「リオさんはなにをしてるんです？」

「フィオナ様のスキルポイントを、どう振り分けるか考えているんです」

話している間、私はずっとフィオナ様のスキル盤を眺めていた。

フィオナ様は現在１１８のスキルポイントを保有している。

レベルも72まで上げたので、基本ステータスは十分に育ち切った。だが万全を期すなら、必要なスキルもしっかり習得させたい。

これからの戦闘を楽にするためにも、風魔法剣と風魔法をそれぞれレベル5まで上げたいところだ。そうすればコラボ魔術、吹雪《ブリザード》と吹雪剣《ブリザードソード》を習得できる。

フィオナ様にその提案を申し出たところ「リオの言うことなら」と快諾してもらえた。

そのため次のスキルを習得&レベルアップ。

フィオナの新規習得スキル：
・吹雪剣《ブリザードソード》　消費ポイント：15
・吹雪《ブリザード》　消費ポイント：15
・風魔法剣【LV：2→LV：5】　消費ポイント：20
・風魔法【LV：2→LV：5】　消費ポイント：20

これで残り は118↓48。

ポイントはまだ十分に残っているが、人のスキル盤をいじくりすぎるのも気が引ける。

Sランクダンジョンへ挑むとはいえ、必須の戦闘は二回だけ。おまけにヒュドラの心臓を回収したら、治療薬を作るためお母様の元へと帰ってしまう。

私とフィオナ様の関係はあくまでクエストあってのもの。フィオナ様とパーティーを組むのは今回限りになるだろう。

(でも高火力の魔法剣士、パーティーに欲しいよなぁ……)

身分の差がなければ、首を縦に振るまで勧誘し続けたと思う。

お父様のような立派な騎士を目指しているとはいえ、年頃の女性なんだから周りも放っておかないだろう。きっと縁談の一つや二つ来ているに違いない。

期間限定のパーティーを転々としてるとも聞いたけど、もしかしたら冒険者を辞める時のことも考えてるのかもしれない。こんな強い人が固定パーティーに所属してないなんてありえないし。

そんなことを考えていると、ガーネットさんの声で現実に引き戻された。

「――はいっ、これで登録手続きが完了しました！」

そして居ずまいを正したグレイグさんが、私の目を覗き込みながら言う。

「リオ。フィオナ様のこと、よろしく頼んだぜ」

「はいっ！」

「それと見つけられたらで構わないが……人の痕跡らしきものを見つけたら、持って帰ってきてほしい」

「人の痕跡、ですか？」

「ああ。Sランクパーティー、聖火炎竜団が失踪してもうすぐ四ヶ月になる」

その話を聞いて、表に貼り出されていた依頼書を思い出す。

「無理にとは言わねえが、なにか見つかったら届けてほしい。アイツらは二〇層ボスの討伐を目標に掲げてた。一九層まで行くなら、なにか見つかるかもしれねえ」

「はい、わかりました！」

「ものついでで構わねえ。お前たちまで帰ってこれなくなったら、元も子もねえからな」

私はその言葉に深く頷《うなず》き、ヒュドラのいる一九層を目指すことにしたのであった。

準備も整ったことだし、一九層に向けていざ出発！　――の、前に。

私はフィオナ様と一緒に、レファーナさんのアトリエを訪れていた。今回は泊まりがけの探索なので出発報告くらいはしておこう、そう思って来たのだが……

「なんじゃ？　リオはまた怒られに来たのか？」

「違いますよっ⁉　私はレファーナさんに行ってきますの挨拶《あいさつ》をしたかっただけで……」

「そのつもりであれば順番が違うわ。まずは危険な依頼を受けるかどうかの相談を先にせんか！」

「でも心配しいのレファーナさんは、とりあえず反対するじゃないですかー」

「反対されるのがわかってたなら……って、誰が心配しいじゃ。アチシはお前の心配なんてしとらん！」

「もぉ、私はわかってますよ！　素直じゃないんですからー」

「ええいっ、うっとうしいの。いちいち抱き着こうとするでない！」

手を広げて駆け寄ろうとする私を、レファーナさんが腕を伸ばして押し返す。

「で、そちらが護衛対象の貴族様かえ？」

「はいっ！　Aランク冒険者のフィオナ様ですっ！」

「お初にお目にかかります、紹介に与《あずか》ったフィオナ・リビングストンです」

「縫製師のレファーナじゃ。ニコルの郊外でこのように細々《ほそぼそ》と、縫製業を営んでおる」

互いに挨拶を終えると、フィオナ様が不思議そうな顔でレファーナさんに訊《たず》ねる。

「失礼ですが、レファーナ殿はリオと血縁関係の方でしょうか？　口ぶりから察するに、私はてっきり親族を紹介されると思っていたので……」

「あっ、違います。私が勝手にレファーナさんをお姉さんみたいに思ってるだけです」

「そ、そうだったのか……」

面食らった様子のフィオナ様を見て、レファーナさんがため息をつきながら補足する。

「色々と誤解があったようじゃが、ご安心くだされ。そいつはガキじゃが実力は折り紙付きじゃ」

「あ、ああ。その点は心配していない。レッドドラゴンを一撃で倒す様は、イヤというほどこの目で確認してきたので……」

「なんじゃ、リオ。もう奈落に貴族様をお連れしたのか？」

「はい、とりあえずレベリングのため九時間ほど」

「く、九時間……」

レファーナさんが同情的な視線を送ると、フィオナ様は引きつった表情で笑っていた。

「アチシには戦闘のことはわからん、しかしフィオナ様の身を第一に考えて行動するのじゃぞ？」

「わかってますよぉ、レベリングだってそのためにしたんですから！」

「宿泊道具や食料は持ったのか？」

「ちゃんと持ちましたって！　お借りしたポーチの中にしっかりと入っています！」

「それと一九層まで潜ったからといって、二〇層ボスに挑戦しようなどと考えるではないぞ？」

「い、いやだなぁ～今回のクエストは護衛ですよ⁉　必要以上のところまで潜るわけないじゃないですかぁ！」

妙に声が裏返ってしまい、冷や汗が額から滑り落ちる。二人が訝《いぶか》しげな視線を向けてくるのも、きっと気のせいだろう。

「……まあよい、ちゃんと無事に帰ってくるのじゃぞ？　お主が戻ってくる頃には、マジックポーチも出来上がっているじゃろうからな」

「はいっ、楽しみに待ってますね！」

「それと……気をつけて、な」

「はいっ！」

私は見送りの言葉に元気な返事をし、レファーナさんのアトリエを後にしたのだった。

◇

アトリエから少し離れたところで、フィオナ様がこんなことを聞いてきた。

「リオはずいぶんとレファーナ殿を慕っているのだな？」

「はいっ、レファーナさんはとても素敵な人ですよ！　私がBランク冒険者になった暁には、いの一番にクランにお誘いする予定です！」

「……リオは自分のクランを作るつもりだったのか？」

「絶対に作ります！　そして素敵な仲間を集めて、家族のような温かい場所を作るのが夢なんです！」

現状、私はソロでもこの世界を十分に楽しんでいる。だが仲間あってこそのＭＭＯＲＰＧだ。クラジャンをフルに楽しむのであれば、クランを作ってたくさんの仲間と関わりたい。

ＮＰＣだったキャラクターも、この世界では人格を持った人間だ。きっとゲームとは比べものにならないほど、楽しい時間を過ごせるだろう。

「……その、私は誘わないのか？」

「えっ？」

「レファーナ殿には声をかけるのに、私に誘いの声はないのかと思ってな……」

「誘ったら入ってくれるんですかっ⁉」

思いもよらぬことを聞かれ、私はつい大声を出してしまう。

「い、いや、私にも考えたいことがあるので、簡単に約束はできないのだが……リオの作るクランは、さぞ楽しいのだろうと思ったのでな」

「もちろん楽しくしますよ！　フィオナ様にお声がけしなかったのは、身分ナシ盗賊の下につくことはできないだろうな～と思ったので」

「な、なにもそこまで自分を卑下せずともいいだろう」

フィオナ様は固定のパーティーに所属していないが、引く手は数多《あまた》のはずだ。なにか入れない事情があると思っていたことを告げると、そうではないと首を横に振った。

「私が固定のパーティーを組まなかったのは、それだけの出会いがなかったからだ」

「出会い、ですか？」

「ああ。リオの言葉に続くわけでもないのだが……私にも夢があるのでな」

「えっ！　フィオナ様にも夢があるんですか⁉　イヤじゃなければ教えてほしいです！」

「……そ、そんなに知りたいのか？」

「知りたいに決まってますよ！」

「そうか、仕方ないな……」

仕方ないなと、少し照れたフィオナ様が尊い。

どうやらお堅く見えるフィオナ様にも、人に語って聞かせたい話があるらしい。聞いてくれて嬉《うれ》しいと顔に書いてある。フィオナたん、激萌え。

「まあ夢というほど大層なものでもないのだがな。私は一人の騎士として、自分の仕えるべき主《あるじ》を探しているのだ」

「主……騎士と主君の、主従関係みたいなやつですか？」

「ああ。私も父が慕うような、立派な主を見つけたい。それが私の夢だ」

そうしてフィオナ様は、私にお父様の話をしてくれた。

◇

フィオナの父、ハリス・リビングストンは騎士爵をさずかった武官である。いまは王国西の国境警備隊長を務めているらしい。

しかし本当はもっといい仕事に就くこともできた。《聖騎士》の才能を持つハリスには、王の親衛隊に推薦する声もあったくらいなのだから。

その地位を蹴ってまで国境警備に残ったのは、ハリスが西の領主に忠誠を誓っていたからである。

二十年ほど前、ハリスが国境警備の一般兵だった頃。西の国境沿いで武力衝突が起きたことがあった。

争いは数日で収束したのだが……幾人かの兵が戦死する事態になってしまった。

両国の緊張が極度に高まり、国境は完全に封鎖。

交易なども一切の禁止となったが、越境した兵の遺体交換だけは行われた。

交換は滞りなく行われたが、王国側の遺体が一人分見つからなかった。

そのため西の国に捜索隊を派遣したいと願い出たが、拒否される。国内でも強い要求は控えるべきという慎重論が半数を占めたため、捜索は絶望的となる。

が、王国西の領主は引かなかった。

領主みずから国境門に出向き、爵位の返還を申し出る書状を国境兵——ハリスに手渡した。

そして厳戒態勢の国境門前で、大音声を響かせた。

「私は今日まで国境の護《まも》りを預けられた領主であった。しかし私の命《めい》により英霊となった兵を弔えず、どうして彼らの長を名乗り続けることができようか。これより私は領主の地位を捨て、西国の敷地を私情で捜索する。隣国諸君にとっても、私は同胞の仇《かたき》であろう。我慢ならぬ者は構わずに私の首を刎《は》ねるがよい！」

領主はそう叫び、丸腰で国境を越えた。

西国の兵は最大級の警戒で領主を迎えたが、ついぞ手を出すことはなかった。

……一人の兵のために、ここまでしてくれる主がいるだろうか。

感銘を受けたハリスは領主に続き、武装を解除して捜索に加わった。国境兵の幾人かもハリスに続き、丸腰での捜索を開始した。

気づけば、西国の国境兵さえ捜索に加わっていた。

三日ほどの捜索で、最後の遺体は見つかった。それ以降、王国と西国で争いが起きたことはない。少なくとも領主の行いを目にした、両国の兵が争いを起こすことはないだろう。あの事件を境に、彼らは他者への尊敬を思い出したのだから――。

◇

「……その話を聞き、私も忠誠を誓うべき主君を見つけたいと思ったのだ。父のように騎士の責務に邁進《まいしん》する生を送ってみたい、とな」

「ううっ、なんてイイ話なんですかっ！　どうしてこのストーリーは本編に入ってなかったのっ、もしかして没シナリオ!?」

「……ボツシナリオ？」

「なんでもありませんっ!!」

感極まったあまり、ついメタいことを口走ってしまった。

「でも、ご両親に反対されたりはしなかったんですか？」

「いや反対はされなかったが……なぜ、そう思う？」

「だってフィオナ様って貴族令嬢じゃないですか。大事な娘が騎士をやりたいなんて言い出したら、普通は反対されるんじゃないかと……」

「前にも言ったが私は貴族ではない、父一代限りの騎士爵だ。それに親衛隊の誘いを蹴ったこともあるので、陞爵《しょうしゃく》されることもないだろう」

「な、なるほど。そういう感じですか……」

どうやらフィオナ様は貴族の枠に縛られないお嬢さんのようだ。

「だから私が普通の女として暮らそうと、生涯冒険者でいようと反対されることはない」

「夢を応援してくれるなんて、いいご両親ですね！」

「ああ。人に誇ることのできる、最高の両親だ」

そう答えたフィオナ様の表情は、今までで一番晴れやかなものだった。

◇

雑談しながらニコルを北上し、二日ぶりに何度目かの奈落へと到着。

これまでと違って一層にとどまることはなく、下層に向かう道だけをズンズン突き進んでいく。

もちろん五倍速ダッシュとエンカウントなしのおかげで、道を阻むものはなにもない。

ついでに宝探しも使って落とし物の確認もしっかりと。行方不明になっている聖火炎竜団の痕跡を見逃さないために。

Sランクパーティーがこんな階層で負けるとは思わないが、事故が起こらないとも限らない。

サソリ君だって正面から戦えば、麻痺《まひ》と毒を付与してくる強敵だ。パーティー構成次第では苦戦することだってあるだろう。

（とはいえ話に聞いた限りじゃ盾役《タンク》や回復役もいるし、見つかるとしたらもっと深層だよね）

炎竜団の情報は前もって確認済みだ。彼らの名前やパーティー構成、それに全員が装備につけている紋章《エンブレム》という紋章も。


しかし奈落に潜って四ヶ月も経過していることから、彼らの生存はもはや絶望視されているようだ。

どんなに長くても四ヶ月も継続で探索に出ているとは考えられないし、脱出ゲートなどで帰還していれば連絡くらいは寄越すはず。それがないということは、全滅したとみるのが普通だろう。

普通に考えたら誰だってそう思う。だが人の命だ、そう簡単にあきらめたくない。全滅したという事実が確定してないなら、どんなに低い確率にでも賭けるべきだ。

捜索クエストが出ているということは、彼らにも帰りを待ってる人がいる。だったらできる限りのことはしてあげたい。そんなことを考えながら足を進めていると、早くも六層までたどり着いてしまった。

必然的に私たちの足は、そこで一度止まる。五層まではクリスタルの輝く洞窟だったのに対し、六層からは青空ひろがる大草原に様変わりしたからだ。

「……驚いたな。まさか途中で内観が変わってしまうとは」

「これは高難度ダンジョン限定の仕様ですね。A以下のダンジョンだと最後まで景色が変わることはないので」

Sランク以上のダンジョンでは、五層ごとに内観が変わる特殊仕様が施されている。

だがこの風景は別のダンジョンからの流用だ、六層～一〇層はEランクダンジョン《草原》と同じものが使われている。この先も別ダンジョンを模倣した景色が広がっており、たくさんのダンジョンを探索したプレイヤーにこそ刺さる演出となっている。

が、いまは草原エリアに用はない。

宙を舞うグランドキメラや、地を這《は》うキングワームも無視して歩みを進めていく。

「……こうも楽に探索が進められると、悪いことをしている気がしてくるな」

「慣れてください。お母様の病気を一刻も早く治すためです！」

「それは、そうなのだが……本当に大丈夫なのか？」

「大丈夫って、なにがですか？」

「私はリオに言われるがままレベルを上げたのだが、あのような魔物たちに勝てるほど強くなった実感がなくてだな」

「でしたら、試してみましょうか？」

「えっ？」

私は近くにいた五メートル超えの芋虫を、ゲシッと蹴りつける。

キングワームに推定1のダメージ、怒ったキングワームとの戦闘が始まった！

「お、おいっ！　なにをしている!?」

「フィオナ様の言った通り、成功体験も必要かなーって思ったんです。なので自信をつけるため、戦ってもらおうと思いまして」

「だったら先に一声かけてくれ！　まだ心の準備が……っ！」

「ではすぐにしてください、もう戦闘は始まってますよ！」

私は奈落に入る前に獲得したスキル【挑発】を入れ、キングワームの注意をこちらに向ける。

キングワーム

ランク：A＋

盗めるアイテム

毒針

盗めるレアアイテム

スネークウイップ

記憶していた通り、特に価値があるようなものは持ってない。そのため今回は注意を引くことだけに集中する。

キングワームにはあまり知性がないのだろう、こちらに向かって大口を開けて突っ込んでくる。

が、極限まで回避率を上げた私に正面からの攻撃は当たらない。

私の役割は回避盾役《タンク》。体力と防御はなくとも、回避できれば盗賊にも盾役《タンク》を代わることは可能だ。背後に回り込んで挑発、これでワームはフィオナ様に背を向けている。魔法剣も容易《たやす》く打ち込めるだろう。

「っ――属性付与《エンチャント》、吹雪剣《ブリザードソード》！」

特に私が合図することもなく、フィオナ様が吹雪剣《ブリザードソード》をワームの背に叩《たた》き込む。

ワームは一撃のもとに両断。氷漬けになった死体も、絶命と共に地面へ吸い込まれていった。

「ほらっ！　余裕だったじゃないですか！」

「ま、まさか本当に私がAランクの魔物を一撃で倒せるなんて……」

「一〇層のフロアボスも同じような戦略でいきましょう。私が注意を引き付けるので、フィオナ様はガンガン攻撃をブチ込んでください！」

「わ、わかった」

フィオナ様は自分の持つ力に驚いてしまったのか、どこか呆《ほう》けた表情をしていた。レベリングは済んでいるし、これ以上の練習は挟まなくてもいいだろう。とりあえず今日はすたこらと一〇層までたどり着き、明日の朝一でボスに挑めるようにしておきたい。

一〇層のフロアボス――ライオニック・ケンタウルスとの戦闘はまた明日のお楽しみだ。

◇

奈落探索、二日目。

いよいよ奈落一〇層のフロアボス、ライオニック・ケンタウルスとの戦闘だ。

私たちはなんとか昨日のうちに一〇層までたどり着き、そこでキャンプをすることにした。本当は少しでも早くボスに挑めるようにと、ボス部屋前にテントを張ろうとしたのだがフィオナ様に反対された。

「頼むから入り口前はやめよう。なんだか気が休まらない……」

とのことだった。繊細なところがあってかわいいですね、と茶化すと「リオが図太すぎるだけ」と言われてしまった。納得がいかない。

「ついにSランクボスとの戦闘か。緊張するな……」

「大丈夫ですよ、ライオニック・ケンタウルスはギミックもない脳筋です。魔法剣を十発も撃ち込めば倒れますよ！」

「……リオは相変わらず余裕そうだな」

「そりゃそうですよ。ケンタウルスは先人たちの討伐記録も残ってましたし！」

現実《こっち》でもライオニック・ケンタウルスの討伐歴は残っている。以前、空いた時間を使ってギルドの『攻略備忘録』を確認したから間違いない。

攻略備忘録とは冒険者たちによって書かれた、いわゆる手書きの攻略記事だ。ダンジョンに生息する魔物や、フロアボスの詳細が書き残されている。

これはダンジョンを初踏破した冒険者の記述をもとに、次の挑戦者たちが何度も修正をすることで完成する。ギルドの書庫に保管してあり、誰でも無料で自由に読むことができる。理由はもちろん冒険者の死亡率を下げるためだ。

私にとっては転生前の攻略サイトの方が信じられるが、手書きの攻略本というのも乙なものだ。

それに好きなゲームの記事なら、どんなものでも読んでるだけで楽しい。

書かれていた記事を読む限り、ケンタウルスの能力はゲーム登場時と変わらないようだ。であればレベル72の魔法剣士《フィオナ》がいれば楽勝だ。既に打ち合わせも終えていた私たちは、扉を押して開けボス部屋へと足を踏み入れる。

部屋の奥には馬の下半身を持ち、ライオンの頭を持った魔物がこちらを睨《にら》んでいた。あれがライオニック・ケンタウルス。

ケンタウルスがこちらを認識すると同時――合図もなく戦闘が始まった。

ライオニック・ケンタウルス

ランク：S

盗めるアイテム
聖なる矢じり

盗めるレアアイテム
恵みのロザリオ

事前の作戦通り、私たちは左右に分かれる。ワームの時と同様、敵を挟み撃ちにするためだ。

挑発で注意を引きつけると同時、ケンタウルスがこちらに弓を構える。

そして魔力の矢を弓にあてがった瞬間、凄《すさ》まじい速度の閃光《せんこう》が射出。事前に行動が読めていたため私は閃光を難なく回避、先ほどまで立っていた場所には大穴が開いていた。

(レベル的には何発か食らっても死なないはずだけど……現実で見るとおっそろしい光景だなぁ)

あんな一撃をもらったら、塵《ちり》ひとつ残らず消し飛んでしまいそうだ。

先ほどまで余裕だと考えていた私も、油断はできないと肩に力が入ってしまう。対するケンタウルスは矢を放った後のクールタイムを終え、次の矢をつがえる動作に入る。

が、そこでフィオナ様の詠唱が終わる。

「──吹雪《ブリザード》！」

背後からの攻撃にケンタウルスは防御もできず、吹雪《ブリザード》の直撃を受ける。自慢の俊足も寒さで悴《かじか》み、露骨に動きが鈍り始めた。

(よし、しっかりと効いてるみたいだ！)

事前の打ち合わせで、フィオナ様には魔術吹雪《ブリザード》での奇襲を頼んでいた。吹雪《ブリザード》には減速《スロウ》の追加効果がある、そのため馬の脚力を活かした高速移動を鈍らせる効果が期待できる。

読み通り、ケンタウルスは持ち前のスピードを失った。あとは攻撃あるのみだ。

私は挑発を切らさないよう注意しながら、間合いを見計らってアサシンダガーで強奪を仕掛ける。即死は入らなくともSランク性能を持つ武器だ、着実にダメージは積み重ねることができる。

同様にフィオナ様も大火力の吹雪剣《ブリザードソード》をケンタウルスの背に撃ち込み続けている。もはや必勝パターンに入ったと見ていい。

ケンタウルスも魔力の矢で応戦しようと試みるが、減速《スロウ》をもらった後では初撃ほどのキレはない。

もうケンタウルスの体力も残りわずか。そう察知した私はアサシンダガーを鞘《さや》に納め、通常の盗むに切り替える。——なぜなら目当てのものを盗む前に、ケンタウルスに倒れられたら困るからだ！

フィオナ様にも合図して、攻撃をやめてもらう。

すると離れた位置に立つフィオナ様は「あの指示は本気だったのか……」と顔を引きつらせていた。

（だって《恵みのロザリオ》は絶対に欲しいでしょ！　近くの魔物からも盗めないものだからねっ！）

以前、滝裏の依頼を受けた時も目にした《恵みのロザリオ》。

今のところ自分で使う予定はないにしても、魔法職が仲間になった時には絶対欲しくなる。後々のことを考えれば先に手に入れておいて損はない。

そうして三十回ほど盗むを入れたところで《恵みのロザリオ》をゲット。トドメはフィオナ様に入れてもらい、無事にケンタウルスを討伐した。

「ほ、本当にやったのだな。リオと私、たった二人で奈落のフロアボスを……！」

「そうですよ、やりましたねっ！」

ボスが倒れると同時、入り口と出口の扉が復活。そしてボス部屋の端に脱出ゲートも出現した。

倒されたケンタウルスが残した宝箱はひとつ、どうやら今回は確定報酬だけしかドロップしなかったようだ。

せっかくなのでここは気前よく、フィオナ様に中身をプレゼントすることにした。

「いいのか？　私はリオに護衛を頼んだ立場で、報酬を受け取る権利はないと思うのだが」

「構いませんよ。それに護衛といってても手を貸してもらっちゃいましたから」

「し、しかしだな……」

「いいからいいから！　どうせフロアボスは一ヶ月後にまた復活するんですから！」

私はフィオナ様の背を押して、半ば強引に確定報酬の宝箱を開けさせる。そしてフィオナ様は箱の中から純白の刀身を持った大剣を取り出した。

「……これは、なんと美しい剣なのだ」

両手剣、ホーリーブレイド。

聖属性の力を持つランクA＋の剣で、魔法剣による属性付与《エンチャント》も可能。

旅の中でよほどの業物を掴《つか》んでない限り、ほとんどの剣士はここでホーリーブレイドに装備を持ち替える。それだけの性能を持つ素晴らしい武器だ。

「そして先ほど盗んだコレも、お貸ししておきます！」

「い、いくらなんでも《恵みのロザリオ》なんて借りられないっ！」

「いいんですよ～、先ほど使った分の魔力も回復しておかないといけませんし！」

盗賊の私はそれほど魔力を消費しない。使うといってもせいぜいエンカウントなしやダッシュ速度上昇の維持と、身体強化に使う程度。魔力をダイレクトに消費するフィオナ様とでは、消費量は比べるまでもない。

「なにからなにまで申し訳ないな。ただでさえレベリングにも無償で協力してもらったというのに」

「気にしないでください。私がフィオナ様を通して、最強の魔法剣士を見たかっただけなんですから！」

「……リオは本当に冒険者を楽しんでいるのだな」

「えっ、もちろん楽しいですよ？　フィオナ様は楽しくないんですか？」

「楽しいかどうか、か。あまり深く考えたことはなかったな。私は騎士として、人のためそして仕えるべき主君と出会うため冒険者になったからな」

（そっか。考えてみれば当たり前なんだけど、冒険者はなりたいものではなく手段でしかないんだよね）

明日食べる食費を稼ぐには冒険者をやるしかない。たくさんのお金を稼いで幸せに暮らしたい。さずかった才能を活かして出世したい。貴族のスポンサーを獲得したい。クランという家族を作りたい、夢を叶《かな》えたい……。

私が冒険者であることを楽しんだと思っているのは、この世界をゲームの延長として見ているからだろう。

元からここに住む人にしてみれば、命がけの冒険を楽しもうとするのは変なのかもしれない。でも——

「どうせやるなら楽しんだほうがいいと思いませんか？　それにフィオナ様だって、先ほどはとても楽しそうでしたよ？」

「私が、楽しそう……？」

「はい！　ケンタウルスを倒した時も、ホーリーブレイドを手に取った時も、フィオナ様の表情はとても輝いてました！」

言われて気づいたのか、フィオナ様はハッとした表情をする。

（冒険とは非日常の世界で、新しい体験をすること。だったら旅先で出会った新しいものへの感動こそ、冒険者の醍醐味《だいごみ》だよね！）

それはゲームでも現実世界でもおんなじだ、新しい発見や出会いにはイヤでも心が動かされる。もしその出会いが退屈なら、それはもう冒険ではない。

「フィオナ様の夢は他の方法でも叶えられるハズです。でも冒険者を選んだってことは、フィオナ様が冒険をしたかったからじゃないですか？」

「……そうだな。まったくリオの言葉は軽いようで、いちいち核心をついてくる」

「ふふん、そうでしょう！　もっと褒めてくれていいんですよ！」

「リオはただの快楽主義者ではなかったのだな」

「ちょ、ちょっと⁉」

思わぬディスりに裏返った声が出てしまう。するとフィオナ様は心底おかしそうに、声をあげて笑うのだった。

ライオニック・ケンタウルスを倒した後、私たちは休憩もそこそこに探索を開始。

その日は一一層の《古城》エリアを抜け、一六層の《岩山》エリアに到達したところで休むことにした。

屋外の内観を持つ岩山エリアには、ダンジョン内でも昼夜の概念がある。そのため到着したころには、空に月が昇っていた。

期間限定のパーティーとはいえ、フィオナ様と月の下でキャンプできるなんて最高だ。

どうせなら少しばかり豪勢な食事をしたい。そう思った私は干し肉と塩漬けの魚を取り出し、火で炙《あぶ》ってフィオナ様と分け合った。

また食への探求も兼ねて、112個持っていた毒消草を使って香草巻きにしてみた。

薬草種ということもあって香りも良く、ちょっとした苦みもいいスパイスとして働いた。フィオナ様にも食べてもらったが、思いのほか好評だった。

「これは……美味《うま》いな」

「それならよかったです！　貴族様からもお墨付きがもらえるなら、そんなに悪いものじゃないですよねっ！」

ゴキゲンで私が答えると、なぜかフィオナ様が少しムッとした顔をする。

「私を貴族扱いしなくていい。前にも言ったが私は貴族令嬢ではなく、ただの騎士爵の娘だ」

「それでも私から見たら、フィオナ様はお姫様みたいなものです！　あっ、もちろんそういう扱いがイヤでしたらやめますけどっ！」

「イヤというわけではないが……リオに様呼びされるのは、少し堅苦しいな」

「じゃあ今日からはフィオナさん、ってお呼びしますね！」

「ああ、ぜひそうしてくれ。呼び捨てにしてくれても構わないぞ？」

「ええっ⁉　それはちょっと……」

冒険者を三年やってると言っていたので、少なくとも三歳は年上のハズ。そんな相手を呼び捨てにするには、ちょっと抵抗がある。

それにフィオナさんのような美しいお姉様には、目上の存在であってほしい。なんとなく。

そして夜が明けて、三日目。

いよいよ一九層は目と鼻の先、ヒュドラとの戦闘はもう間もなくだ。ヒュドラの心臓を回収した後は、一〇層まで戻って脱出ゲートで帰る予定だ。

二〇層ボスを目の前に一〇層まで戻るのは面倒だが、二〇層ボス討伐に向けた準備やレベリングはしていない。

護衛対象を連れての無茶もできないので、今回はおとなしく安全ルートで帰るつもりだ。

(結局、探索を進めながら宝探しも起動させてきたけど……なにも見つからなかったなぁ)

グレイグさんからも頼まれていた、聖火炎竜団の痕跡探し。

奈落は各層が広いこともあって、フロアすべてをくまなく探していると時間がかかりすぎてしまう。

彼らのことも気にかけてあげたいけど、私がここまで来たのはフィオナさんのお母様を助けるため。

ドライかもしれないけど生死不明の彼らよりも、確実に救える命を優先したい。

それに炎竜団の目標は二〇層ボス討伐だったはず。もし彼らがそこまでたどり着けているなら……意外と大丈夫かもしれない。

「リオ、次の下り階段を見つけたぞ。この先に目的のヒュドラがいるのだな？」

「そのはずです、この辺りにはもうSランク以上の魔物しか現れませんので、いつもより気を引き締めていきましょう」

「ああ。最後までよろしく頼む」

軽く言葉を交わして一九層の階段を下りると――目標のヒュドラはすぐに見つかった。

ヒュドラ

ランク：S

盗めるアイテム

竜のキバ

盗めるレアアイテム

強壮の血液

九つの頭を持った、巨大な蛇を模した魔物。ヒュドラ。

攻撃属性は毒と炎。最大で三連続の攻撃と、体力の自動回復まで持つ厄介な魔物だ。

パーティーの攻撃力が低いと自動回復に押し切られてしまい、いつまで経《た》っても倒せないという事態に陥ってしまう。

「……リオ」

「とりあえず私に任せてください。運が良ければアサシンダガーの即死で倒せますから」

「即死？　ちょっと待ってくれ、それでは――」

ヒュドラは強力な魔物だがボスのような耐性は持ってない。上手《うま》くいけばノーリスクで倒すことができるはず。

フィオナさんの止める声も待たずに、私はヒュドラに踏み込んで強奪の一撃を加える。

「ギャオォォォオッ！」

後ろに跳躍すると同時、即死の演出《エフェクト》が発動したことを確認する。

（フフン、決まったぜ！）

私がどこか誇らしげな気持ちで地に降り立ち、倒れた巨体に目を向けると――ヒュドラは塵のように、さらさらと宙へかき消えていった。

「…………あれ？」

盗んだ竜のキバを左手に握りしめたまま、私は首を傾《かし》げる。

「ヒュドラの心臓、どこ？」

「……リオ。一応聞いておくのだが、魔物の部位切除を経験したことはあるか？」

「部位切除？　なんそれ？」

「おいおい、それではどうやって《ヒュドラの心臓》を手に入れるつもりだったのだ？」

「え？　だって――」

と、そこまで言いかけたところで気づく。

（ヒュドラの心臓って、なに？）

私はクラジャン廃人を自称しているが、よくよく考えれば《ヒュドラの心臓》というアイテムは聞いたことがない。

ただ奈落に行きたいという依頼を受け、ヒュドラが一九層以下に生息することを知ってただけだ。

私が真顔で首を傾げていることに気づくと、フィオナさんはため息をつきながら私に部位切除の説明をしてくれた。

いわく、部位切除とは生きた魔物から体の一部を切り取ること。

言葉尻を拾うと単純だが、これには思わぬ落とし穴がある。なぜなら現実クラジャンでは、魔物は死ぬとその場で消滅してしまうからだ。

そのため魔物の部位が必要な際は、生きたまま切り取る必要があるらしい。

「ヒュドラの心臓はアイテムではない。そのため心臓という部位を、生存中に捌《さば》いて抜き取る必要がある」

「えええええっ⁉　めちゃくちゃ残酷なことするじゃないですか‼‼」

「……さんざん魔物を即死させ続けてきたクセに、よくそんなことが言えたものだ」

「だって即死なら痛みは最低限ですよ？　これってとても人道的じゃないですか⁉」

「魔物に人道を説くな、それに魔物だって人間をたくさん殺している。そんな配慮をしてやる必要なんてない」

う、うーん。言われてみればその通り、かも？

ちなみに食用になっている魔物肉も、この部位切除を利用して手に入れているらしい。

そこまで冷静になったところで気づいたのだが、勉強家の元リオは知っていたらしい。どうやら私が考えなしに特攻したせいで指摘するヒマもなかったようだ。

「で、リオはアサシンダガー以外の武器は持ってるのか？」

「持ってないです。…………あ」

「では私がやるしかないようだな。50％の即死効果を持つアサシンダガーでは、部位の切除には絶望的に向いてない」

「アサシンダガーの特性が裏目にっ!?」

そんなこと考えてもみなかった。まさか最強短剣のデメリットが、ここにきて発見されるなんてっ……!

「リオはケンタウルス戦のように、ヒュドラの注意を引き付けてもらえるか?」

「は、はい……」

「なんだ、リオにしてはめずらしく元気がないな」

「えと。フィオナさんが来てくれなかったら、とんでもないことになってたと思って……」

今回のクエストが護衛任務でよかった。

もし私が単身で乗り込んでいたら、部位切除中にヒュドラが即死しないことをお祈りするクソゲーが始まっていた。ほぼ確実にクエストは失敗するだろう。

「貴族夫人の命がかかったクエストの失敗! 果ては私の命を差し出して、その怒りを鎮めてもらうしか……!」

「なにを言っている。お前の命をもらったところで、母上の薬ができるわけでもないだろう」

失敗の妄想で顔を青くする私に、フィオナさんが冷静なツッコミを入れてくる。

「リオには感謝しているよ。お前が私をここまで導いてくれなければ、薬を作る目算も立たなかったからな」

「ううっ、フィオナさぁんっ……!」

「そんなことより早く次のヒュドラを見つけよう。手を、貸してくれるな?」

「もちろんですっ!」

単純な私はフィオナさんの励ましですっかり気を持ち直した。

自分の失敗は仲間がカバーしてくれる。そんなフィオナさんとのつながりが嬉しく、私はますます自分のクランを持ちたいという思いを強くするのであった。

私たちは二体目のヒュドラを見つけると、すぐさま二手に分かれての行動を開始した。

まずはヒュドラの側面に回り込み、先制の一撃を加えるため攻撃の構えを取る。

が、もちろんアサシンダガーで攻撃はできない。だから私は極光《きょくこう》のリングを指に嵌《は》め、ヒュドラに向けて込められた魔術を解き放つ。

「くらえっ、破壊光線っ！」

周囲の光を吸収したリングから、強力な破壊光線が解き放たれる。

予備動作は大きいものの、絶対先制のおかげで気づかれることなく命中。ヒュドラの頭を七つ吹き飛ばすことに成功した。

そのまま挑発で注意を引き付けた後、フィオナさんが攻撃しやすい位置にヒュドラを誘導する。

そして――

「吹雪《ブリザード》っ！」

減速《スロウ》の追加効果を狙い、フィオナさんが吹雪《ブリザード》で追撃。足元を固められたヒュドラは怒りの雄叫《おたけ》びをあげ、こちらに向かって火炎息《ブレス》や毒液を吐いてくる。

私はそれらの攻撃を回避しながら、二発目の破壊光線をヒュドラに解き放つ。残った二つの頭も吹き飛ばされ、足元を固められたヒュドラは完全に無力化した。

「……ふう、これで心臓の回収に専念できますね」

「待て、リオ！　なにか様子がおかしい！」

フィオナさんの言葉で異変に気づく。なんと先に吹き飛ばした七つの頭の傷口から、グニグニと次の頭が生えてきているのだ。

「くっ⁉　まさかヒュドラの再生能力がこんな形で発現するなんて！」

「ここは私に任せろ！　横薙《よこな》ぎ一閃《いっせん》！」

ヒュドラの背後に立っていたフィオナさんが、再生中の頭を斬り飛ばす。

「リオ！　炎のリングで切断面を焼いてくれ！」

「っ、わかりました！」

私はポーチの中に右手を突っ込み、炎のリングが欲しいと念じながら手を引き抜く。すると五本の指すべてに、炎のリングが嵌められていた。

「五倍威力っ、火炎球《ファイヤーボール》っ！」

頭を失った傷口に向かって、火炎球《ファイヤーボール》をひたすら叩き込む。

何度か火炎球《ファイヤーボール》を撃ち込んで傷口をふさぐと、ヒュドラの頭はもう再生できなくなっていた。

「すごい！　こんな方法、よく知ってましたね！」

「以前、同じような再生力の高い魔物と戦ったことがあってな。その時に組んでいたパーティーから教えてもらった方法だ」

フィオナさんが少し照れくさそうに解説をしてくれる。

現実の戦闘について私はまだまだ素人だ、ゲーム知識はあっても経験が足りない。やはり色々な人との出会いは大事にしないとね。

そんなことを考えていると、フィオナさんがヒュドラの胴体に吹雪《ブリザード》をかけ直して抵抗を押さえつける。

「さて。それでは心臓の採取に取りかかるか」

「えっと、フィオナさん。念のため確認なんですが、心臓の採取って……」

「もちろん解体するしかないな。私が剣で胴体を捌くので、リオは再生しないよう切断面を焼き続けてほしい」

「ま、マジですか？」

「当たり前だ。これだけ大きな胴体だ、心臓の位置も深いだろうな」

「ひえええええっ……」

こうして地獄の解体作業が始まった。

フィオナさんが心臓を傷つけないよう胴体を刻んでいき、私が切断面を焼きながら再生を防いでいく。もちろん生きた素体なので抵抗もするし、切断面からは血がドバドバあふれ出してくる。

そして二時間近くかけて心臓を取り出した頃には、二人とも返り血で全身が真っ赤に染まっていた。

「部位の切除って、こんなに大変な作業だったんですね……」

「大型魔物の内臓が必要になることは稀《まれ》だがな。でも、いい経験になっただろう？」

「二度と経験したくありませんけどねっ！」

こうして私たちは無事にヒュドラの心臓を手に入れることができた。

途中で二〇層へ降りる階段を見つけたが……さすがに準備も足りないのでガマン。薬の材料となる心臓を持ち帰るのが最優先だ。

だが少しだけ寄り道だ。一九層の岩山エリアには大きな湖があったので、そこで水浴びをすることにした。

レディー二人が生臭い返り血を浴びたままなんてありえないので、装備の洗濯も含めて休憩を取る。

「仕事終わりの水浴びは最高ですねーっ！」

「そうだな。もちろん帰るまで気を抜くことはできないのだが」

そう言いつつもフィオナさんの口調はやわらかい。目当てのモノが手に入ったことで、ようやく気を抜くことができたのだろう。

ポニーテールを解いた半裸のフィオナさんは、ヴィーナスのように美しい。出るとこがしっかり出ていて、ヘコむべきところは引っ込んでいる。

もし転生する時にアバター設定ができたなら、「私もこれでお願いします！」と鼻息荒く注文していたことだろう。

「……リオ。あまりジロジロ見ないでほしいのだが」

「ムリです」

「なぜ拒否されなければならない……」

「だってそんな綺麗《きれい》なカラダ、見ないなんて逆に失礼ですよっ！　私なんてこんなに貧相なカラダなのにぃっ！」

いまの私は十五歳になりたてのほっそりボディだ。この世界では結婚できる年齢だが、栄養状態が悪かったからか、大人らしさは欠片《かけら》ほども存在しない。

盗賊の素早さを活かすには申し分ないが、もう少しくらい発育してくれたっていいと思う。どうにかスキルポイントを胸の脂肪に割り振れないだろうか。1ポイント1センチ、いや10ポイント1センチでも……。

私がそんなどうでもいいことを考えていると、フィオナさんがおもむろにこんなことを聞いてきた。

「話は変わるが、リオはこの依頼を終えた後はどうするつもりなのだ？」

「前にお伝えしたとおりですよ。私の目標は自分のクランを作ること、当面はクラン設立条件になっているBランク冒険者を目指します！」

「それは戻り次第、達成されるだろう。この依頼の達成で、Sランククエスト達成相当の昇格ポイントがもらえるはずだ」

「そうなんですか!?」

「当たり前じゃないか、奈落での人捜しでさえSなんだ。護衛任務とはいえヒュドラの討伐も含んでいる以上、S相当のクエストになっていなければおかしい」

「そ、それもそうですね……」

グレイグさんに依頼の話をもらってからはトントン拍子だったので、今回の達成報酬などは考えてこなかった。

Cランク冒険者に昇格したばかりだが、Sランククエストを達成したとなればBランクには間違いなく昇格できるだろう。

「クランを立ち上げたらリオも一国一城の主だな。やはり向かう先は領地経営か？」

「当然です！　でもまずは仲間を集めてからですね。クランハウスや土地が手に入ったとしても、一人だと寂しいだけですから」

「リオが一人でいるのなんて今だけだろう。きっとお前の元にはいずれたくさんの人が集まってくる」

「そう思いますか⁉」

「ああ、リオといると楽しいからな。冒険者稼業が命がけであることを、忘れそうになるほど――」

話の途中で、フィオナさんが急に湖の中へ飛び込んだ。バシャンと音を立てた湖面が波立ち、しばらく潜水をした後でゆっくり顔を出す。

突然の奇行にポカンとその様を眺めていると、フィオナさんが片手を掲げながら言った。

「見てくれ、リオっ！　これって……お前の持つポーチによく似ていないか？」

フィオナさんの片手には、コケの生えたポーチが握られていた。どうやらフィオナさんは湖底に沈むポーチを拾うために、湖へ飛び込んだらしい。

「確かにレファーナさんから借りた失敗作《ポーチ》に、とてもよく似てる……」

フィオナさんが拾ったポーチは、使われている素材や色が違うだけでほとんど同じものだった。

「リオ、もしかするとこれは……」

「はい。奈落を訪れていた冒険者パーティー、聖火炎竜団のものかもしれません」

その後、念のため周囲をくまなく探索したが、他に所有者の痕跡を示すようなものは見つけられなかった。

ポーチの中身も確認しようとしたが、登録者にしか開けられない魔術が施されていた。その点も含めてレファーナ製のものと同じである。

「収納袋は冒険者の命綱だ。そんな重要なものがどうしてこんなところに……」

「……おそらくですけど、コレクターピクシーの仕業だと思います」

奈落の一五層から二五層には、コレクターピクシーという変化技メインのウザい魔物が生息している。

くすぐって行動を封じてきたり、弱体魔法《デバフ》をかけてきたり、こちらの装備を奪ったり。クラジャンの収納袋はアクセサリ装備に設定されているため、収納袋を盗まれてしまうこともあるのだ。

盗まれると戦闘中にアイテムが使えなくなるが、戦闘終了後には全滅しようと必ず返ってくることになっている。もし返ってこなければさすがにクソゲーすぎる、これまでの積み重ねが全部なくなってしまうのだから。

だが現実世界となったクラジャンでは、そのクソゲーが十分にありえるはずだ。全滅したら本当に死んでしまうという、クソ仕様が採用されているんだし。

「これは勘でしかありませんが。このポーチはピクシーに盗まれ、取り返すことができなかったんではないでしょうか？」

「……絶望的な状況ではないか」

「しかもポーチにはコケが生えてます。きっと湖に落ちてから結構な時間が経《た》っているはずです」

ピクシー種はイタズラ好きな魔物の一種だ。そのため特に目的もなく収納袋を盗んだが、開けられなかったので湖に投げ捨てた。ふとそんなストーリーが思い浮かぶ。

少なくともポーチが湖の底にあったということは、それを回収できなかった冒険者がいたということだ。奈落という場所での収納袋紛失、それがどれほど絶望的なのかは火を見るより明らかだ。

「……とりあえず、いまは奈落を脱出しましょう」

「いいのか？」

「今は仕方ありませんよ。だって私たちはヒュドラの心臓を回収するために来たんですから」

ギルドにポーチを見せれば、所有者もハッキリするかもしれない。

まずはフィオナさんの依頼を終えるのが最優先。どこか後ろ髪引かれる思いで一〇層まで戻り、脱出ゲートでニコルに帰還したのだった。

◇

奈落を出た私たちは、依頼達成報告のため冒険者ギルドへ。

私たちがギルドの扉を開けると、一斉に冒険者たちの視線が集まるのを感じた。

「……おい、氷剣の舞姫たちが帰ったぜ」

「猛毒草の盗賊とパーティーを組んだってのは、マジだったのかよ!?」

「じゃあ《特例探索者》に認定されて、奈落へ行ったってウワサも本当なのか？」

「シッ！　黙って見てようぜ」

（うあ、なんかやたら注目されてるなぁ。しかもなんか今日に限って混んでるし……）

昼間だというのにギルドの中は人でごった返している。

受付嬢たちもバタバタと慌ただしく、なぜか受付のひとつにグレイグさんまで立っていた。まさかギルマスも出ないといけないほど忙しいのだろうか？

まあいい、今回はギルマス直々の依頼だったんだ。せっかくだしこのままグレイグさんにも挨拶をしてしまおう。

私たちは並びの列に加わり、ゆっくりと前に進んでいく。

（でもこれでフィオナさんとはお別れか。ちょっと寂しいなぁ）

依頼を達成してしまえば、仮組みしたフィオナさんとのパーティーも解散だ。

予定ではニコルの薬師に心臓を引き渡した後、完成した薬を持ってお母様の元へ帰ることになっている。

フィオナさんとはここ数日で一気に仲良くなれたし、パーティーとしてのチームワークも抜群だった。

正式な仲間としてお誘いしたいところだが、フィオナさんからは夢のため冒険者となった話を聞いている。であれば身分ナシの盗賊が誘いすぎても迷惑だろう。ここは気持ちよくお別れをしたほうがいい、よね？

「リオには、本当に世話になったな」

「いえ、私こそ楽しかったです！」

「私もだ。それにリオに学ばせてもらうことは多かった。感謝している」

「またレベリングしたくなったら声をかけてください。十時間でも二十時間でもお付き合いしますよ！」

「……ハハ、機会があれば頼む」

私たちが談笑しながら列の先頭にたどり着くと、グレイグさんと話しているのが意外な人物であることに気づく。

「あれっ、レファーナさん。どうしたんですか？」

受付でグレイグさんと話をしていたのはレファーナさんだった。

まさか人里離れた場所に住むレファーナさんが、人の多い冒険者ギルドに顔を出すなんて。

「なんじゃ、リオか。いま帰ったのか？」

「はいっ！　レファーナさんこそ冒険者ギルドに来るなんて、めずらしいですね？」

「……ああ、ちょっと前に出していた依頼の取り下げをしようと思ってな」

レファーナさんは私と目を合わさず、どこかバツの悪そうな表情をしている。めずらしい反応に首を傾げていると、グレイグさんが野太い声でこう訊ねてくる。

「おお、お前たちか！　ちょうどいいところに帰ってきたな、探索中になにか見つけたりしなかったか？」

「ちょうどその報告をしようと思ってたところです！」

私は一九層で見つけたポーチを、グレイグさんの前に差し出す。するとカウンターに置かれたポーチを見て……レファーナさんが真っ先に反応した。

「これは……ルッツにくれてやったポーチではないかっ！　これをどこで見つけた!?」

「じゅ、一九層の湖に沈んでいたのを見つけました」

「湖!?　これはパーティー共用の収納袋じゃぞ？　こんなものをなくしたらヤツらはッ……！」

「落ち着けっ、レファーナ！」

声を荒らげるレファーナさんの肩に、グレイグさんが手をのせる。すると自分が取り乱していたことに気づき、レファーナさんが顔をうつむける。

「す、すまない。つい気が動転してしもうて……」

「このポーチの持ち主は、レファーナさんにとって大切な方なんですか？」

私の問いに、レファーナさんはためらいがちに頷いた。

「以前、リオには話したじゃろ。アチシをクランに誘っているヤツらがいる、と」

「はい、お聞きましたけど……」

「そいつらがこのポーチの持ち主じゃ。過去に何度かダンジョン探索にも付き合ってもらった連中――聖火炎竜団じゃ」

「えっ!?　レファーナさんが誘われてたのって、聖火炎竜団だったんですかっ!?　じゃあもしかして、掲示板に出ていたクエストの依頼主って……！」

「彼らの捜索願を出していたのはアチシじゃよ。ヤツらとは……五年ほど前からの付き合いじゃからの」

別々に聞いていた情報が、一本につながった。

レファーナさんは聖火炎竜団と旧知の仲で、たびたびクランへの勧誘をされるほどの間柄だったようだ。

だが四ヶ月ほど前、奈落に向かった彼らは消息不明に。レファーナさんは移住していた王都からニコルへ戻り、冒険者ギルドに捜索依頼を出したというのが一連の流れだったらしい。

そう考えると私が奈落に入ったと明かした時、お説教を受けたことも別の意味を持ち始める。レファーナさんは身をもって経験していたのだ、ダンジョンに旅立った知人が、ついぞ帰ってこなかったことを。

「……フン、やはりヤツらのポーチじゃの。アチシが作ってやった装備品まで、ご丁寧に入ってるわ」

製作者のレファーナさんにはポーチを開ける手段があったのだろう。

封をされていたポーチからは自分が作ったという防具や装備。それに食料や回復薬など、生きるためには必要不可欠なものまで次々と。

それらを取り出してカウンターに並べるレファーナさんは、物憂げな笑みを浮かべ続けていた。いつしか近くで見ていた受付嬢や冒険者たちも手を止め、その光景をじっと眺め続けていた。

「……これで、決定的じゃな。収納袋を失った冒険者パーティーが生還できるはずもない」

レファーナさんの自嘲《じちょう》的な物言いに、グレイグさんも言葉を返せない。

「聖火炎竜団は全滅した、これでクエストの取り下げは受け付けてくれるじゃろ？」

「し、しかし……」

「グレイグよ、アチシも疲れたのじゃ。帰ってくることを期待して待つのも、楽ではないからの」

苦笑混じりにつぶやいたレファーナさんの言葉に、辺りは重苦しい沈黙に包まれる。

状況から見れば、聖火炎竜団の生存は絶望的だ。

挑戦者の少ない奈落では、別のパーティーに助けられたという可能性も考えにくい。それに助かっていたのなら、なんらかの形で連絡くらい寄越すだろう。四ヶ月も音信不通になることなどありえない。

彼らの生存を示せるようなものは、どこにも残っていない。でも――

「その依頼、受けさせてください！」

レファーナさんが取り下げようとしていた依頼書を、私は強奪する。

「私が捜してきたのは一九層までです、その先については まだ捜していません！」

「……なにを言うておる。ポーチをなくしたパーティーが、より下層へと潜るはずがないじゃろう」

「可能性はあります。だって彼らが一九層までたどり着いたなら……二〇層の脱出ゲートから帰ろうと考えるかもしれません」

私の言葉に、グレイグさんがハッとした表情をする。

「リオの言う通りだ、アイツらは前々から二〇層ボスを倒すと豪語していた。もし一九層までたどり着いたなら、二〇層から帰ろうとするかもしれねえ」

「そんなバカなことがあるか！　二〇層には討伐記録のないフロアボスがいるのじゃぞ？　いくら脱出ゲートが目と鼻の先にあろうと、そのような無理をするハズが……」

「するのさ、冒険者という生き物はな」

グレイグさんが迷いもなく言うと、レファーナさんがグッと奥歯を噛《か》みしめる。

普通の冒険者はエンカウント回避の手段を持っていない。そのため一九層から一〇層に戻るまでの間にかなりの時間と戦闘が必要になる。

だが、二〇層ボスを討伐できればすぐに帰りつくことができる。

アイテムや宿泊道具がないという極限状態であれば、逆にそちらの道を選んでもおかしくはない。

「し、しかし、ヤツらが四ヶ月も行方不明であることには変わらん。いまさら本格的な捜索を始めたところで……生きて見つかるわけもなかろう」

「いいえ、生きてる可能性は十分にあります」

「なにを根拠に言うておる！　それに捜しに行った末、リオまで帰ってくることがなければアチシは……」

「必ず帰ってきますって！」

「そんな言葉は信用できん！　冒険者は必ずそう言って旅出つものじゃ！」

「それでも、大丈夫なんです！」

私にはこの世界の原作知識がある。

だから二〇層ボスに討伐歴がない理由にも見当がついている。だってあのボスは初見殺しで有名だ、事前に対策を練っていなければ出会った瞬間ゲームオーバーになる。

私はそれに対策をして挑むことができる。そして炎竜団が初見殺しに引っかかっただけであれば……炎竜団が生きてる可能性は十分にある！

「な、ならん。頼むから行かないでくれ、リオのクランにだって入ってやる。だから死んだ者のために、死にに行くようなことはしないでくれ……」

「ダメですよ、レファーナさん。そんな後ろ向きな気持ちの人はお誘いできません、それに私の実力は知ってますよね？」

「……確かにそれは知っておるが、そこのご令嬢と別れたお主は一人パーティーの盗賊じゃ。炎竜団でも勝てなかった相手に、一人で勝つつもりではあるまいな？」

（うっ、痛いところをついてくるなぁ）

さすがに二〇層ボスにもなってくると、高レベルの盗賊でもソロ討伐は難しい。盗賊は盗むや逃げるでパーティーをサポートする便利枠で、それらが通用しないボス相手には性能で引けを取る。スキルポイントを攻撃スキルやステータスに盛っても、性能差や手数には限りがある。抜け道がないわけでもないが、効率を考えるなら仲間を連れて挑みたいというのが本音だ。

私がどう返答しようか悩んでいると――しばらく口を閉ざしていたフィオナさんに肩を叩かれた。

「……話が立て込んでいるところ、すまない」

フィオナさんがどこか不機嫌そうな顔で割り込んでくる。

「あ、ああ！　フィオナさん、ごめんなさい！　先に依頼の達成報告をしないとですよね！」

受付前でレファーナさんの姿を見てから、話がすっかり脱線していた。フィオナさんは治療薬が出来次第、お母様の元へ帰る手筈《てはず》になっている。先にそっちの手続きを済ませないと。

「……なにを言っている？　私が訊ねたかったのは、そんなことではない」

「えっ？」

「なぜ、頼らない。お前は困っているのだろう？　だったら仲間の私に、どうして声をかけてくれないのだ」

「……仲間？」

「そうだ」

なにを思ったのか。フィオナさんは後ろに一歩下がり、床にひざまずいて言った。

「――騎士フィオナ・リビングストン、私は貴女《あなた》に忠誠を誓いたい。どうか貴女の剣として、私を使ってはいただけないだろうか」

　突然の申し出に、ギルドの中はまた騒然としはじめる。

「フィ、フィオナさん？　頭を上げてください！」

「私がリオに頼みごとをしているのだ、返事がもらえるまでは上げられない」

「でもフィオナさん、言ってたじゃないですか！　自分には夢があるって、仕えるべき主を探しているって！」

「私はリオをその相手として認めたのだ」

「ええっ⁉　私は認められるようなことなんてしてませんよっ⁉」

「そんなことはない、帰らぬ者のため死地へ向かおうとする心意気。私はそこに父の慕う、西の領主の影を見た」

「え……？」

　一九層に潜る前に聞かせてもらった、フィオナ父の話を思い出す。確かに状況だけ見れば、聞かせてもらったエピソードと少しばかり似ているのかもしれない。

「私のはそんな立派なものじゃないですって！」

「だが魂は同じだ、私は人のために立ち上がれるリオを深く尊敬する。そのような人と出会うため、私は冒険者になったのだ」

「で、でも」

　フィオナさんを仲間にしたいとは思ったが、彼女の夢を叶える存在になれるかは自信がない。すると私の動揺を察してくれたのだろうか、フィオナさんはゆっくりと顔を上げ、軽い調子でこう訊ねてきた。

「と、硬いことは言ったが……実のところ、私がリオと一緒に旅を続けたいだけだ。リオと過ごしたこの数日は、とても楽しい毎日だったからな」

「フィオナさん……」

「だから私の夢を重いと感じるのであれば、このように頼むとしよう。――私はリオと旅をするのが楽しかった、だから続きをさせてほしいのだ」

「そういうことなら……よろこんで！」

「感謝する」

するとフィオナさんは一転して真面目な表情を作り、膝をついたままレファーナさんに向かって頭を下げはじめた。

「レファーナ殿、私はレベル73の魔法剣士だ。私がリオに同行するので、どうか二〇層に挑むことに許可をいただきたい」

「……お主はなぜ、リオにそこまで肩入れをするのじゃ？」

「私がリオの力になりたいと思ったから、それだけです。リオと付き合いのある貴女にも、この気持ちはわかってもらえると思うのですが」

フィオナさんがレファーナさんの瞳を覗き込む。すると真《ま》っ直《す》ぐな視線に耐え切れなかったのか、レファーナさんはため息をついて目を逸《そ》らす。

「……リオ。いま一度聞くが、そこの騎士様がいれば勝算はあるのじゃな？」

「は、はいっ！　フィオナさんが来てくれるなら、必ず勝てます！」

私がそう答えると、今度はジト目になりながら聞き返してくる。

「それは騎士様がいなければ、必ずではなかったということか？」

「え、えっと、それはぁ」

「……まあよい、そこまで言うなら行ってこい。四ヶ月も待ったのであれば、少しくらい延長しても変わらんじゃろ」

「ありがとうございますっ！」

レファーナさんから許しがもらえたことが嬉しく、思わず大きな声で返事をする。

「ではフィオナさん、手を貸してもらえますか？」

「もちろんだ。私はリオの騎士として、お前を守らせてもらうことにする」

「いえ、それは違いますよ」

「違う？」

「はいっ、守るのは回避盾役《タンク》である私の仕事です。フィオナさんは火力担当として、カッコよく魔物をブッ飛ばし続けてください！」

「ふっ、そうだな。ではこれまで通り、よろしく頼む」

私が手を差し出すと、ひざまずいていたフィオナさんが手を取ってゆっくり立ち上がる。

この世界で、初めての仲間が出来た瞬間だった。

Episode7　Sランクパーティーを取り返せ！　VS《奈落》二〇層ボス！

その後、フィオナさんとは一度別行動を取ることになった。

フィオナさんは薬師の元に《ヒュドラの心臓》を届け、完成した薬を馬車で送る手続きまで済ませてくるらしい。

「あれっ？　完成した薬はフィオナさんが直接届けるんじゃないんですか？」

「その予定だったが送ることにした。家には父上もいるし、私が直接届けなくても構わないだろう」

「でもご家族ですよ？　きっとフィオナさんがお届けしたほうがご両親も……」

「リオ、私はお前の騎士になると誓ったのだぞ？　出来たばかりの主《あるじ》を放り出したら、それこそ父上に怒られる。それに……」

「それに？」

「私の戻りが遅ければ、リオは一人で二〇層ボスに挑んでしまいそうだからな」

「わ、私ってそんなに信用ないですか!?」

……との会話を経て、奈落の探索は明日から再開することになった。

そのため私は改めて食料の買い出し中だ。ちなみにギルドでの依頼報告も終わったため、その分の昇格ポイントと報酬も受け取っている。

私は今回の昇格ポイントでBランク冒険者に昇格、ようやくクランが結成できる目標ランクへと昇格した。

そして達成報酬である1000万クリルも受け取った。夫人の命がかかっていたこともあり、フィオナさんのお父様はかなりの依頼金を積んでくれたようだ。

これで現在の手持ちは1365万クリル。ここから食料や宿泊に必要なものに3万クリルを使い、追加装備も購入した。

まずはBランク武器、短剣グラディウス。特に追加効果や付与属性もない、ランク相応の武器である。

これはヒュドラの反省を活かし、サブウェポンとして持っておくことにした。アサシンダガーだけだと、いざという時に困ることを学んだからね……。

お次はフィオナさんも装備しているAランクアクセサリ、エンジェリック・リボン。

全状態異常に耐性を持つ、フリルのついたリボンだ。これがないと二〇層ボスには勝てない。

計32万クリルの支払いで、残りは1330万クリル。

「とりあえず買い物はこんなところかな？」

本当は盗んだアイテムも売りに行こうと思っていたのだが、空はもうだいぶ赤に染まりはじめている。

買取屋もこの時間から大量のアイテムを持ち込まれても迷惑だろう。

それに今日はレファーナさんのアトリエで、夕飯をご馳走《ちそう》してもらうことになっている。もちろん、正式な仲間になってくれたフィオナさんも一緒だ。

アトリエに向かう私の足取りは軽い。でも――

「レファーナさん、どんな気持ちだったんだろうな……」

ギルドで会ったレファーナさんは、炎竜団の捜索を打ち切ろうとしていた。もし少しでもタイミングが違っていれば、レファーナさんと彼らの接点に気づくことはなかっただろう。きっと私に明かすつもりもなかったはずだ。だって奈落に潜っていたことを明かしても、レファーナさんは彼らの捜索を私に託そうとはしなかったのだから。

理由は想像できる。でも、頼ってほしかった。

「……ふう、落ち着け！　今日は楽しい会にするつもりなんだからっ！」

誘ってくれたのはレファーナさんのほうだ。

きっと暗い話をするために私たちを呼んだわけじゃない。だったら私はいつも通り、レファーナさん大好きのリオとしてお邪魔しないと。

私は自分の両頬《ほお》をぱちんと叩《たた》き、アトリエに向かって歩きだしたのだった。


「うわぁ、レファーナさんって料理もできたんですね！」

「当たり前じゃ、でなければ郊外で一人暮らしなぞしておらん」

目の前にはレファーナさんの作ってくれた料理が並んでいる。

ボアのステーキにピラニアのお刺身、それに色とりどりの野菜で作られたサラダ。この世界で初めて目にするご馳走ばかりだ。

一方のフィオナさんは背筋を伸ばして緊張気味だ。

「その、いいのでしょうか？　私までご馳走になってしまって……」

「構わん。お主もアチシの依頼を受けてくれたパーティーの一人じゃ、英気を養ってもらわんとな」

「そ、そうか。ではありがたく頂戴させていただきます……」

「もうフィオナさん、硬いですよぉ！　レファーナさんは優しい人なんだし、もっと甘えていかないとっ！」

「あ、甘えろと言われてもな。人に弱みを見せるような生き方は、してこなかったもので……」

「じゃあ、これからは甘えるのにも慣れていきましょう！」

「ふん、なんとも厚かましい客人たちじゃの」

憎まれ口にフキゲンそうな顔。だが本気でイヤミを言っているわけではない。

この人はなんだかんだ言いつつも、面倒見のいいお姉さんだ。だって私はこれまで一度も邪険にされたことがない、レファーナさんが優しい人であることは私が保証する。

「しかし、グレイグもリオには相当入れ込んでおるの。まさか出来たばかりのパーティーを、いきなりAランクパーティーとして認めるとはのう」

「さすがに嬉《うれ》しさ半分、申し訳なさ半分って感じですけどね……」

私たちの仮組みしていたパーティーは、正式結成と同時にAランクパーティーに昇格。

二人でヒュドラを討伐できるなら、十分にSランク相当の実力がある。これがグレイグさんの言い分だ。しかし、Sランクパーティーの任命には、冒険者協会に事前承認を得る必要があるらしい。

大人の世界って大変だね……。

「で、リオ。これは約束の品じゃ」

私が考えごとに耽《ひた》っていると、レファーナさんがあるものを肩にかけてくれる。

それは赤銅《しゃくどう》色のレザー生地で出来た――本物のマジックポーチだった。

「わ！　すっごいかわいい！」

「じゃろう？　アチシは国内でも指折りの縫製師じゃ。若者の流行や、好みに対するリサーチもしっかり……」

「レファーナさんっ、これすっごくかわいいです！　一生、大事にしますねっ！」

「……ああ」

ついにクラジャン世界を渡り歩くための必需品、マジックポーチを手に入れた。

旅に出たばかりの頃、私は実用性だけを考えてこれを手に入れると誓った。

だが、いまは違う。

これは私の大切な人が作ってくれた、世界に一つしかない宝物だ。たとえ冒険者をやめることになったり、壊れてしまっても絶対に手放すことはないだろう。

「せっかく手間ヒマかけて作ってやったのじゃ。だから……死なずに帰ってくるのじゃぞ？」

「はいっ！」

「騎士様も、リオのことを頼む。どうにも目の離せん、落ち着きのないヤツじゃからな」

「はい、任されました」

「ちょっと!?　私を子供扱いすることで結託しないでもらえます!?」

私が裏返った声でツッコむと、二人は同時に笑いだす。

あたたかく、とても楽しい時間だった。まさに私が夢見てきた、楽しい異世界生活がここにあった。

レファーナさんも今日はやたらと上機嫌……だと思ったら、どうやらお酒を呑《の》んでいたらしい。顔を赤くして目尻を緩ませた表情を見ていると、こんな姿も見せてくれるくらい、気を許してくれてるのかなと嬉しくなる。

普段は憎まれ口の多いレファーナさんも、今日ばかりはおしゃべりが止まらない。その中には少し聞きづらいと思っていた……聖火炎竜団の話も。

「……あやつらとは五年ほど前からの付き合いじゃ。当時アチシはニコルの服飾店で、やっっっっすい給料でコキ使われていての」

「え、意外ですね。レファーナさんは天才縫製師なのに」

「最初からなんでもできたわけではない。しかもアチシは南国の生まれじゃからの。肌の色と背丈が低いこともあって、いい仕事には就かせてもらえんかった」

「差別か。どこにでもそういう連中はいるのだな」

フィオナさんが不愉快そうに顔をしかめると、もう慣れたとレファーナさんが優しい目をしながら言う。

「しかしイヤなら辞めろと言われても、他に移る職場も見つからなくての。自分の生まれに悲観もしたが、それでなにかが変わるわけでもない」

このままではいつまでも生活は良くならない。そう考えたレファーナさんは、高ランクの冒険者パーティーに自分を売り込むことにした。

——自分をダンジョンに連れていき、才能レベルを上げさせてほしい。成長できた暁には、必要な装備品をタダで作るから、と。

力のない生活種は魔物を倒して経験値を稼ぐことができず、仕事をこなして経験を積み重ねることしかできない。だがダンジョンで高ランクパーティーに介護《レベリング》してもらえれば、才能レベルは一気に上げられる。だが冒険者にメリットを感じてもらえなければ、受けてもらえるはずもない。しかも冒険者からすれば報酬は後払い。ひどい言葉をかけられることがほとんどで、話を聞いてもらえることすら稀《まれ》だった。

……これが自分の限界か。そうあきらめようとした時に現れたのが、結成当時の聖火炎竜団だった。

その時の炎竜団はまだDパーティーではあったものの、結成一ヶ月という異例の早さで昇格した有望株だった。それにクランを組めるランクでもなかったため、彼らにとっても生活種の協力者が得られるのは好都合だったようだ。

炎魔術師と魔法剣士の二才能を持つ、リーダーのルッツ。

ルッツの妹で賢者をさずかった、アイシャ。

盾役《タンク》担当の聖騎士ジェラルド。

そして魔道弓兵の、シャーリー。

レファーナさんは彼らの協力を得て、縫製師のレベルをどんどん上げていった。そして彼らに見合う高ランク装備を毎日のように作り続けた。四人の装備を一人で作るのは大変だったが、とても充実した日々だった。

なにより彼らと一緒にいる時間が楽しかった。ルッツたちも同じ気持ちであったらしく、レファーナさんを入れたクランにしようという話にもなったらしい。

でも、レファーナさんのほうから断った。なぜなら彼らと自分ではとても釣り合わないと考えたから。

その頃の聖火炎竜団はAランクまで昇格しており、Sランクに上がるのも時間の問題と言われていた。若くしてスピード出世した彼らは、気づけば勇者パーティーのような人気を獲得していたのだ。

しかもリーダーのルッツには貴族からの縁談すら舞い込むようになり、いずれは預かった領地で町を興すというウワサまで立っている。そこに褐色肌のヒネくれた自分が加わっては、彼らの人気に水を差す。

だから一度、距離を置くことにした。

既に国内有数の縫製師となっていたレファーナさんには、国からの依頼もぽつぽつと入っていた。だからいっそのことニコルを離れ、王都に移り住むことにした。

別れの日。ルッツはレファーナさんの前でこう言ってくれた。

『――俺たちはあきらめない。本当に家族だと思えるのは炎竜団のメンバーと、レファーナだけだから』

それから二年ほど、王都に移り住んだ。彼らがSランクへ昇格したのは、王都に移り住んですぐのことだった。

いずれレファーナさんが炎竜団に関わっていたことを知る人もいなくなるだろう。もしニコルに戻った時、軽く挨拶《あいさつ》できるくらいの関係であればいい。

そんなことを考えていたある日、一通の報《しら》せが届いた。――奈落の探索に出た聖火炎竜団が、行方不明になっていると。

「……冒険者に危険はつきものじゃ。それなのにアチシは心のどこかで、ヤツらが命を落とすことはないと決めつけておった。失ってみて初めて気づく、とはこのことじゃの」

レファーナさんは寂しげな表情で自嘲《じちょう》する。私はなんだか切なくなってしまい、力なく話すレファーナさんの体をぎゅうと抱きしめる。

「つらかった、ですよね？」

「……リオが現れてからは、いくらか気がまぎれたがの」

「へへ。私が来たからにはもう安心ですよ、つらかった日々は終わりにしてみせますから！」

私がおどけたように言うと、レファーナさんは黙って頭を撫《な》でてくれるのであった。

◇

翌日、正式にパーティーを組んだフィオナさんと奈落の探索を再開した。

今回は途中で寄り道をする必要がないので、五倍速ダッシュ＆エンカウントなしですいすい探索を進めていく。一〇層ボスも一ヶ月の討伐判定が残っているので、足止めを食うこともない。

とはいえ、道中に落とし物がないか確認することも忘れない。

（聖火炎竜団はレファーナさんの大切な人たちだ。見逃さないようにしないとね）

探索は前回よりもスムーズに進められたので、三日目の午前中には一九層まで戻ってくることができた。だがこのままボスに挑むには少し心許《こころもと》ない、そのため私たちはここでレベリングをすることにした。

余裕をもって挑むのであれば、もう少しフィオナさんを強化しておきたい。

だが今回伸ばすのは第一才能の魔法剣士ではなく、第二・第三才能の氷・風魔術師のレベルだ。

才能レベルは1上げることに3のスキルポイントを得ることができる。であれば伸び幅のある才能レベルを伸ばし、たくさんのポイントを獲得させておきたかった。

そのため今日のフィオナさんには、属性魔術師として後衛に立ってもらっている。

「フィオナさんは攻撃魔術を撃ち込んだ後、ステルスフードで気配を隠してください。その後は私が即死を入れるまで待機で」

「わかった」

いまのフィオナさんは胸当て装備《ベルシュヴァリエ》ではなく、レファーナさんに借りたステルスフードを羽織っている。

一層でのレベリングは即死が入らなくてもワンパンで倒せたが、一九層の魔物相手ではそうもいかない。

そのため低レベル化したフィオナさんへの攻撃を逸《そ》らすため、ステルスフードをあらかじめ借りておいたのだ。

ちなみに一九層にはヒュドラ以外に、稼げる魔物が多数出現する。

サイクロプス・ウォリア

ランク：S

盗めるアイテム

骨棍棒

盗めるレアアイテム

不死身の兜

マザー・アルラウネ

ランク：S

盗めるアイテム

万能粉

盗めるレアアイテム

アルラウネの唾液

ガニュメデ・トータス

ランク：S

盗めるアイテム

亀の甲羅

盗めるレアアイテム

ベルクリスタリア

いずれも強力で大型の魔物ばかりだが、レッドドラゴンの二倍近い経験値を獲得できる。レベルアップ効率は一層の比じゃない。

フィオナさんに先制で攻撃魔術を撃ち込んでもらい、私が即死狙いの強奪を繰り返す。

もちろん盗めるレアアイテムも希少価値の高いものばかり。特に全属性に耐性を持つ防具、ベルクリスタリアは手に入れておきたい。

そうしてスティール＆アウェイを駆使したレベリングを繰り返し——八時間。

フィオナさんのレベルは劇的に成長した。

フィオナ

才能

▶ 魔法剣士（レベル：73）
氷魔術師（レベル：68）
風魔術師（レベル：66）

スキルポイント：9

習得スキル

氷魔法剣【LV：9】／氷魔法【LV：9】／風魔法剣【LV：9】／風魔法【LV：9】／武器両手持ち／回復薬効果上昇【LV：3】／魔力自動回復【LV：5】／挑発／捨て身の一撃／横薙ぎ一閃／受け流し／吹雪剣／吹雪／攻撃力上昇【LV：10】／防御力上昇【LV：2】／魔力上昇【LV：6】

やっぱり伸びしろのある人《キャラ》のレベリングは楽しい！　なんといってもポイントがジャブジャブと溜《た》まるのは見ていて気持ちがいい。

だがお金もスキルポイントも溜めてばかりでは意味がない。使ってこそ初めて意味がある。

だから私はフィオナさんと話し合いながら、どのような性能に仕上げるか相談するつもりだったのだが――

「スキルポイントはリオの意に沿うような形で振ってしまって構わない」

「いいんですか？　すると火力に極振《きょくふ》りさせてもらう形になりますけど……」

「構わない、私はリオの剣だ。主の望むままに力を振るうつもりなのだから」

ということで持っていたポイントはすべて火力関係に突っ込んだ。

こうして改めてスキル一覧を見直すと、過去の不要なスキルがやや気になる。振り直しの救済措置もあるけど、必要クリルが高いんだよね……。

削るとしたら挑発・回復薬効果上昇・受け流しはなくす方向で考えている。フィオナさんにはムキムキしててもらえればオーケーです！

ちなみに今回のレベリングで、私もしっかりと成長している。

名前：リオ
才能：盗賊（レベル：96↓100）
残りスキルポイント：525↓537

ついに盗賊レベルがカンストしてしまった。私がこれ以上の成長をするためには、レベル上限の解放をするか別の才能を獲得するしかない。

とはいえ、すぐにできることはないのでとりあえず放置。

あふれた経験値もレベル上限を解放した時に反映されるので、無駄になることはない。

スキルポイントもだいぶ余らせているが、後々のことも考えて多めにプールさせておく。第二才能になにを取るかも決めてないからね。

「リオはついにレベル１００か……。本当にそのような極地に上りつめる者が現れるとは……」

「なに言ってるんですか、次はフィオナさんの番ですよ。むしろ三才能全部１００まで上げるつもりなんですから、そのつもりでいてもらわないと」

「……リオのことだから、それは本気で言っているんだろうな」

「当然です。あっ、それより見てくださいよ！　レベリングの途中でベルクリスタリアも盗めたんですよ！」

私はポーチに収納していたワンピース型防具、ベルクリスタリアをフィオナさんの前にずいと突き出した。

「これは……ベルシュヴァリエとの同等品か？」

「装甲部をクリスタル化させた上位互換品です。次の戦闘からフィオナさんはこれを着て戦ってください！」

「私が装備してしまっていいのか？」

「もちろん！　回避盾役《タンク》の私は身軽なほうがいいですから！」

高貴な佇《たたず》まいのフィオナさんにこそ、ベルクリスタリアは相応《ふさわ》しい。ちなみに今回のレベリングで盗めた品は次の通りだ。

竜のキバ×22
強壮の血液×3
万能粉×30
アルラウネの唾液×4
亀の甲羅×44
ベルクリスタリア×3
骨棍棒×18
不死身の兜×1

この中で使えるのはヒュドラから盗んだ、強壮の血液だろうか?

これは飲んだ者の体力と魔力を全回復させるという、有能回復薬だ。

不死身の兜も硬くてまあまあ便利だが、素早さが下がるというデメリットがある。デザインも無骨なため、フィオナさんにはあまり似合わない。

他に手に入ったものも錬金素材ばかり、次ニコルに持って帰った時に売ってしまおう。

――こうしてレベリングを終えた翌朝。

私たちはフロアボスに挑むため、二〇層ボスの入り口前で最終調整に入っていた。

一番大事なのは状態異常対策。

二〇層のフロアボス――ラスト・イブリースは、開幕で全体に魅了《チャーム》の状態異常を放ってくる。

魅了された対象は、相手の意のまま操られる。しかもクラジャンの魅了《チャーム》は効果が重く、他ゲームのように攻撃を受けても解けることはない。解除するためにはアイテムや魔法での解呪、もしくは魅了をかけてきた魔物を排除するしかない。

そのため魅了《チャーム》対策を一人も施していないパーティーは開幕と同時に全滅が確定する。これが奈落二〇層ボスが初見殺しと言われる所以《ゆえん》である。

「リオは一体、どこからそういう情報を仕入れてくるんだ？」

「え、えっとぉ。子供の時に古書館かどこかで、そんな書物を読んだようなぁ……？」

「……まあいい。リオの知識より信用できるものはない、それに全体魅了《チャーム》が事実であれば討伐歴がないことも頷《うなず》ける」

クラジャンの魅了《チャーム》は凶悪だが、かけてくる魔物は非常に少ない。そのため対策を疎《おろそ》かにされやすく、解除アイテムを何個か持っておけばいい程度の認識しかない。

ゲームであれば全滅しても対策後に再挑戦できるが、現実では全滅後に学べることはない。そのため負けた理由が引き継がれず、次の探索者も同じ理由で全滅してしまう。

……だからこそギミック持ちのボスは、一刻も早く討伐しておかないと。原作知識を有している私が討伐記録を残せば、後に続く冒険者たちが同じ轍《てつ》を踏むこともなくなるからね。

「だからリオもエンジェリック・リボンを装備していたのか」

「はい！　状態異常対策といえばリボンですからね！」

エンジェリック・リボン。

全状態異常を無効化できる有能アクセサリ。ステータス上昇効果は得られないが、これがあれば突然の状態異常も怖くない。ついでに縁取りのフリフリもかわいい、普段使いしたくなる逸品だ。

「フィオナさんも見えるところに装備してくださいよ。せっかく同じパーティーになったんだし、お揃《そろ》いで装備したいですっ！」

「し、しかしだな。私みたいな無骨者がフリフリのリボンなど……」

「なに言ってるんですか。フィオナさんみたいなキレイな人こそ、見えるところに飾らないとっ！どこに装備してるんですかーっ!?」

「や、やめろっ！　体をまさぐるなっ！」

フィオナさんはリボンを小手の下に隠すように装備していた。私はそのリボンをぶんどるように預かって、ポニーテールの髪留めに添える形で結び直す。

「ほらっ、これでかわいくなりましたよ！」

「べ、別に私はかわいくなりたかったわけでは……」

「これはリーダー命令です、フィオナさんは実用性よりかわいさを追求してください」

「くっ……」

恥じらいつつも悔しげなフィオナさんは、なかなかに萌えポイントが高い。ちなみに装備品のラインナップはこちら！

【リオの装備品】
アサシンダガー（S）　即死効果50％
鋭疾紅《えいしっく》（B）　回避率上昇
エンジェリック・リボン（A）　全状態異常無効

極光《きょくこう》のリング（A） 聖属性・使用時「破壊光線」使用可能
マジックポーチ（SS） すごい

【フィオナの装備品】
ホーリーブレイド（A＋） 聖属性
ベルクリスタリア（A＋） 全属性ダメージ20％カット
エンジェリック・リボン（A） 全状態異常無効
恵みのロザリオ（A） 魔力自動回復（中）、消費魔力軽減（小）

「リオ。挑戦前に一つ聞きたいことがあるのだが、いいだろうか？」

「もちろんです、なんでもどうぞ！」

「全体魅了《チャーム》の脅威について教えてもらったが……あれが事実だとすれば、おかしくないか？」

「おかしい、と言いますと？」

「全体魅了《チャーム》が事実ならパーティーは同士討ちを始めるだろう、それではパーティーは確実に全滅する。だがこれまでのリオの口ぶりでは、まるで炎竜団の無事を確信しているような物言いだったぞ？」

「あっ、大事なことを言い忘れてました！」

確かにフィオナさんの言う通りだ。状態異常の魅了《チャーム》と聞けば、誰もが真っ先に同士討ちでの全滅を考える。だがイブリースの前で魅了《チャーム》にかかった場合、他の魔物とは違った挙動が発生する。その挙動、とは――

「……そのようなことをしてくる魔物が存在するのか？」

「はい。だからその状態を維持しようとするのなら、炎竜団は生かしたままにすると思うんです」

「なるほど、言いたいことはわかった。それを踏まえて気をつけるべき点はあるか？」

「長期戦は不利になるかもしれません。だからできるだけ速攻でカタをつけたいです」

――そうして私たちはボス部屋へと、足を踏み入れた。

ボス部屋の扉が閉まると同時、奥の玉座に腰かけた人型の魔物と目が合う。

背丈は巨木ほどもあり、女性のような風貌を持ち合わせていた。だが人間と呼ぶにはその姿はあまりに歪《いびつ》すぎる。

背中には悪魔の翼を持ち、頭にヤギのようなツノ。なにより異様なのは――その膨れ上がった胎《はら》である。

ラスト・イブリース

ボスランク：S

盗めるアイテム

闇進化の結晶

盗めるレアアイテム

磔十字

玉座の主、イブリースがのっそりと立ち上がると——ボス部屋全体が桃紫の霧に包まれた。

(来たっ！　誘いの瘴気《しょうき》！)

敵全体に魅了《チャーム》の状態異常を付与する、初見殺しの異名を持つイブリースの得意技。

しかしエンジェリック・リボンを装備した私たちに魅了《チャーム》は通じない。私はイブリースとの距離を詰め、先制の強奪をお見舞いする。

「!?」

自慢の魅了《チャーム》が効かず、先制攻撃までされたイブリースの表情が驚愕《きょうがく》に歪《ゆが》む。油断もあったせいか攻撃はクリティカルヒット。イブリースの胸が斜めに割かれ、紫の血が大量に噴き出した。

そのまま攻め手は緩めない。後方へ飛《と》び退《の》いた私の後ろには、詠唱を終えたフィオナさんが控えている。

「聖火炎竜団は返してもらうぞッ、吹雪《ブリザード》ッ！」

フィオナさんの突き出した両手から、凄《すさ》まじい冷気がイブリースを覆い尽くす。全身を瞬間冷却されたイブリースに、ダメージと減速《スロウ》効果が付与された。

「作戦通り、二手に分かれましょう」

「承知した！」

私は挑発を入れつつ、フィオナさんと反対の方向へ跳躍。

盾役《タンク》は味方を背にかばうものだが、回避盾役《タンク》が同じことをすれば流れ弾で味方が被弾する。回避盾役《タンク》は味方と別行動を取るのがセオリーだ。

フィオナさんを片側に逃がしていると、体勢を立て直したイブリースが攻撃準備に入りだした。

イブリースの攻撃手段は炎と闇の属性魔法。そして右手に持った武器、磔十字による攻撃だ。

磔十字は丸太ほどの大きさを持つ、十字架の形をした超巨大メイスだ。こちらを攻撃目標に定めたイブリースは、ゆったりとした動作で十字架を振りかぶる。

（来るっ！）

私が斜めに跳ぶと同時、薙《な》ぎ払われた十字架からドス黒い衝撃波が放たれる。

ズドオォォォン！

先ほどまで立っていた場所が、衝撃波で激しく抉《えぐ》り取られる。

攻撃を躱《かわ》されたイブリースは見るからにおかんむりだ。十字架を振りかざし、再び攻撃態勢に入ろうとしたところ——属性付与を終えたフィオナさんが視界の隅に映る。

「背中がガラ空きだぞ！」

イブリースの背後に立つフィオナさんが吹雪剣《ブリザードソード》を逆袈裟《ぎゃくけさ》に振り上げる。

「ギャオォォォオォッ‼」

絶対零度の斬撃を浴び、イブリースの絶叫がボス部屋に木霊《こだま》する。

私も畳みかけるように強奪を連打。すると左手にズッシリとした感覚が訪れる、磔十字の強奪に成功した。

得物を失ったことでイブリースが動揺。またしても大きな隙《すき》ができた。

合図をしようとしたところ——フィオナさんは既に踏み込んでいた。

「捨て身の一撃ッ‼」

守勢を捨てた強烈な一撃が炸裂《さくれつ》。

至近距離で放たれた斬撃が吹雪を巻き起こし、背後から斬りつけられたイブリースを前方へと吹き飛ばす。

フィオナさんとの位置取りは挟撃。つまり――

「こっち来んなあぁぁぁ!?」

吹雪で吹き飛ばされたイブリースが、私のいる方に突っ込んできた。

が、回避率をLV20まで上げた私には当たらない。

ボス部屋の壁に激突したイブリースを尻目に、フィオナさんの横へと降り立った。

「ちょっとフィオナさん!? あやうく圧《お》し潰《つぶ》されるところだったんですけど!?」

「当たらなかったのだからよかったではないか。それに挟撃すると言い出したのはリオだろう?」

「そ、それはそうですけどっ……」

「リオの逃げ足なら避《よ》けられると踏んだまでだ。致命傷を与えたのだし、良しとしようではないか」

「……なんかフィオナさん、すこし図太くなりました?」

「仕えている主の性格が、移ったのかもしれないな」

フィオナさんは片目開きで澄ました笑みを向けてくる。くっ、なんかあざといな!

(でも今日のフィオナさん、いい動きしてくれてるよなぁ)

イブリースに隙が生まれた瞬間、フィオナさんは指示されずとも攻撃態勢へ移っていた。

しかも守りを捨てて踏み込む、捨て身の一撃を使った上で。

出会った頃はレッドドラゴンにもビビってたのに、いまは二〇層ボスに臆《おく》さず捨て身で踏み込んでくれている。

……自分が影響を与えたなんて、烏滸《おこ》がましいかもだけど。成長の一助になれたような気がしてなんだか嬉しくなってしまう。

「と、話している場合ではなかったな」

再び立ち上がったイブリースを見て、私たちも再び武器を構え直す。

しかし魔法剣の直撃を二度も受け、敵はかなり消耗している。

磔十字も失われ、攻撃力も大幅ダウン。このまま畳みかければ、簡単に討伐できるかもしれない。

私は挑発で注意を引き付け、フィオナさんと距離を取る。上手《うま》く決まれば次の吹雪剣《ブリザードソード》で討伐まで持っていけるだろう。

――だが。

イブリースが突然、天井に向かって両手を広げはじめた。すると雲間から漏れたような淡い光がいくつも降り注ぎ始める。

(えっ、この演出《エフェクト》はもしかしてっ⁉)

まさかと思う間もなく、その攻撃魔法は行使される。淡い光に照らされた場所に、いくつもの破壊光線が轟音《ごうおん》と共に降り注いだ。

聖属性Sランクの全体攻撃魔法、聖光瀑布《ホーリー・フォール》。破壊光線以上に魔力消費を無視した、最上位の攻撃魔法だ。使用者を中心とした全範囲攻撃のため、挑発も意味をなさない。

私は予兆となる光の位置を頼りに、すべての攻撃を回避――は、しきれなかった。

直撃こそ避けたものの、数発は体をかすめてしまった。二割のほどの体力が削られ、左肩全体に火傷《やけど》したような痛みが残っている。……不覚にも転生してから初めてのダメージだ。

（いってて……でも、これくらいなら戦闘に支障はない。って、フィオナさんはっ⁉）

フィオナさんは盗賊の私ほど回避に優れていない。そのため何発か直撃を受けたようだが……ベルクリスタリアの属性軽減で、なんとか五割ほどのダメージで済んだようだ。

「フィオナさん！　無理はせず『強壮の血液』で回復してください！」

イブリースの背後で膝をつくフィオナさんは、私の言葉に黙って頷いた。

現実のクラジャンにおいて、体力の維持は最優先である。

なぜなら瀕死《ひんし》の人間に、全力攻撃なんてできないからだ。ＨＰ１でも常に最高のパフォーマンスが出せるゲームとはワケが違う。

元気な状態でなければ力が出なくて当然だ。つまり体力の損耗はすべてのステータスに降下補正《マイナス》をかけてしまう。

私は戦闘が始まる前に回復薬《強壮の血液》３つのうち、２つをフィオナさんに手渡していた。

火力役であるフィオナさんが消耗すれば、戦闘の長期化は避けられない。

回避を極限まで高めた私はダメージを受けづらい、そのため無傷でいれば回避のパフォーマンスは落ちずに戦えるのだ。

（って、ダメージを食らってたらカッコつかないんだけどねっ……！）

まだ体力は八割ほど残っている。負傷も利き手ではないので攻撃にも大きくは影響しない。それより問題は闇属性のイブリースが、Ｓランクの聖属性の攻撃魔法を使ってきたことのほうだ。

理由はやはり、あの膨らんだ胎が原因だろう。

――イブリースの魅了《チャーム》は通常と違い、同士討ちを誘発するものではない。

なぜならイブリースは操った冒険者から戦闘の意志を奪い、体内へと吸収するからだ。そして冒険者の持っていたスキルを自分のものとし、魅了《チャーム》のかからなかった冒険者に襲いかかる。

ゲームではイブリースに負けた場合、当たり前のようにパーティー全員が帰ってきて、リスポーン地点からやり直しになる。

だがリスポーンのない現実ではそうならない。おそらくイブリースの胎には四ヶ月前からずっと、炎竜団の四人が収まっている。

先ほどの聖光瀑布《ホーリー・フォール》はおそらく、賢者アイシャが習得した攻撃魔法だろう。

つまりイブリースは炎竜団四人のスキル、すべてを使うことができてしまう。現実化したクラジャン世界において、もっとも恩恵を受けたボスの一匹だろう。

私たちはイブリースへの警戒レベルを上げ、先ほどよりも距離を空けて攻撃のタイミングを図る。

だが、これは失敗だった。

攻撃の気配が遠ざかったと悟り、イブリースは賢者の回復魔法で傷を癒《いや》しはじめたのだ。

「っ！　回復を重ねられたら前半の有利が覆されるっ！」

距離を取りすぎると挑発の効果も薄れてしまう。聖光瀑布《ホーリー・フォール》のリーチに入るのは怖いが、リスクを取らずに勝ち切れる相手ではない。

思い切って前に出るとイブリースの手のひら、五本指の中ほどに光の弧が現れる。その形はまるで——五本の矢をつがえた弓のような形だった。

「リオ、気をつけろ！　あれは魔道弓兵のマジックアローだ！」

フィオナさんが叫ぶのと同時、五つの魔力光が射出。凄まじい精度と速度を持って、私の体を貫かんと襲いかかってくる！

「──はぁっ、危なかったあッ！」

なんとか回避できたものの、狙いの的確さに心臓が早鐘を打つ。

これまでの大味な攻撃に比べて、とてつもなく精度の高い射撃だった。これは魔道弓兵のスキル、命中率上昇の補正が効いているからだろう。

マジックアローを回避した後、私はアサシンダガーで攻撃後即後退《ヒット＆アウェイ》。

イブリースは四人を取り込んだ重さのせいか、回避する素振りは見せようとしない。おかげで攻撃には苦労しないが、回復魔法を惜しみなく使い始めた。

その油断もあったおかげで前半戦は有利に事を運べたが……私たちを強敵と認識したせいか、イブリースの立ち回りに慎重さが見られはじめた。

聖光瀑布《ホーリー・フォール》はあれから使ってくる気配はない。

よほどの魔力を使うからか、それとも隙が大きいせいか。イブリースはあえて使用を避けているようだ。

こちらにとってもそれはありがたい限りだ。あれを何発も撃たれるようでは、こちらの全滅まで見えてくる。

（でも戦況が有利になったワケじゃない。なんとか現状を打破しないと！）

短期決戦に失敗した以上、別の打開策を考えないと。苦戦している一番の理由は、イブリースが四人のスキルを使用できる点だ。

その使用を阻止する方法として真っ先に思いつくのは、胎を裂いて四人をイブリースから切り離すことだ。

ビッグ・ホーリースライムが《恵みのロザリオ》で強化されたように、原因さえ取り除けられれば取り込んだ力も失うだろう。

だが胎に攻撃を仕掛ければ、中の四人も無事では済まないだろう。

私は炎竜団の四人を救出する目的で、このクエストを受けている。彼らはレファーナさんの大切な人たちだ、安易に傷つけたりしたくない。

だが強化されたイブリースを倒すのは容易ではない。

（こうなったら出し惜しみはナシだよね……！）

今日までスティール＆アウェイでたくさんの物を盗み、逃げてきた。そんな私だからこそ、活かせる攻撃技《スキル》がひとつだけある。

私は攻撃を避《よ》けつつ、フィオナさんに近寄って声をかける。

「フィオナさんっ！　これから獲得したいスキルがあるので、一分だけイブリースの相手をしてもらえますかっ⁉」

「――っ！　一分でいいのだな⁉」

「はいっ！　私が挑発を入れ直したら、吹雪《ブリザード》で動きを鈍らせてください！」

「わかった！」

無茶ぶりとも思えるお願いに、フィオナさんは理由も聞かずに快諾。思わずキュンとしてしまいそうな胸を押さえ、戦線を一時離脱。

もらった時間は一秒も無駄にできない。速攻でステータスウィンドウを開き、盗賊のスキル盤からレベル１００条件の攻撃スキルを取得。

消費ポイントは10、威力は可変式。スキル名は――脱兎《だっと》反転。

スキルを取得して私はすぐさま戦線へ復帰、挑発をかけ直してイブリースと正面から向かい合う。

あとはフィオナさんが次の吹雪《ブリザード》を入れてくれるのを待つのみ。

チャンスは一度きり。

脱兎反転は、いわゆるロマン砲だ。本当の本当に困った時以外は使いたくない、盗賊の持つ技の中でも……いや全才能でも屈指のダメージを出せる攻撃スキルだ。

脱兎反転の攻撃力――それは逃げた回数と、攻撃を避けた回数に比例して上昇する。そして一度使用すれば、その回数カウントはすべてリセットされてしまう。

だからどんなに強力でも、安定して火力が出せる才能のほうが優れてはいる。その一発の威力を高めるためだけに、逃げるで回数を稼ぐなんて効率が悪すぎるからね。

でも、それはあくまでプレイヤー視点での話。

いまの私はプレイヤーではなく、この世界に生きるキャラクターだ。

自分自身が前線に出る以上、出し惜しみなんかしていられないっ！

戦線に復帰してイブリースに挑発。凄まじい攻撃を躱し、フィオナさんの詠唱の終わりを待つ。

「リオ、待たせたっ！　――吹雪《ブリザード》!!」

フィオナさんの唱えた吹雪《ブリザード》によって、目に見えてイブリースの動きが鈍くなる。

（よし、今だ！）

アサシンダガーを強く握り、イブリースに向かって駆けていく。

――虚無だった村から逃げ出して、1回。

転生直後にオークから逃げて、12回。

ベビドラ先生のスティール＆アウェイで２６４回。

レファーナさんの火炎球《ファイヤーボール》から逃げて、1回。

奈落に着いた初日のアダマンタイト狩りで、１５２回。

すべての逃げた過去を、攻撃力へと替えていく。

（……だとしたら、もう一つだけ乗せたい過去があるっ！）

それは転生前の私が抱えていた〝逃げ〟、クラジャンを好きであり続ける気持ちからの〝逃げ〟だった。

私はクラジャンが好きだ、本当に好きだ。

でも純粋に好きでい続けるのはとても難しかった。

『女の子なのにゲームばかりして』

『その熱量を勉強に向ければいいのに』

『寝ないでずっと潜ってたの？　ヤバｗ』

『りおりーの最終ログイン、10時間も空いたことないよね』

『ゲームより現実のスキル増やしなよ』

『他にも楽しいこといっぱいあるでしょ』

そんな言葉に、惑わされ続けた。

クラジャン以外のなにかを手にしないといけない圧力。それに屈して自分の好きを貫けず、心の奥底で「このままでいいのだろうか」と考えるようになってしまった。

——なんと愚かだったのだろう。

私はクラジャン大好き廃人のままでよかったんだ。

廃人でいたからこそ、素敵な人たちと出会うことができた。膨大なやりこみと知識があったから、この世界で生きる術《すべ》を見つけられた。

無駄なことなんてなかった。後ろ指差す人の話なんか、真に受けるべきではなかった。

好きから逃げた、愚かな過去にさようなら。

脱兎反転の威力がもう一段階、跳ね上がる。

イブリースは駆け寄る私を見ても警戒しなかった。

これまでの戦いで盗賊《私》の攻撃は致命打にならないと判断したのだろう。

「どいつもこいつも盗賊をバカにしくさって！」

いつも逃げ回っていたウサギは、別に弱かったから逃げていたわけじゃない。

「私はずっと……本気を出してなかっただけなんだーーーっ!!!!」

めちゃくちゃ弱そうな決めゼリフを吐き、イブリースに向かって一閃。

凄まじい光量を纏《まと》った刀身から、膨大な魔力を帯びた衝撃波が射出される。

胸から上に放たれた衝撃波を浴びたイブリースは、その体を徐々に蒸発させていった。

胴体を貫通した衝撃波がボス部屋の壁にぶつかり、割れんばかりの轟音が周囲に響き渡る。

後に残されたのは上半身を失ったイブリースの下腹部のみ。

頭を失った胴体は力を失い、だらりとその場に頽《くずお》れて……風に吹かれた灰のように、その残滓《ざんし》を

宙に散らせていった。

「リオ、やったな！」

「はいっ！」

私たちは手のひらを掲げ――ハイタッチ！

仲間と勝利を分かち合う、この瞬間！

これこそがMMORPGの醍醐味《だいごみ》だよねっ！

さて、残る問題はイブリースの中身だ。

私は膨れ上がった下腹部の中に、吸収された炎竜団がいる前提で戦ってきた。もし中に彼らがいなければ、捜索はいっそう難航するだろう。

だがイブリースは闇属性にもかかわらず聖光瀑布《ホーリー・フォール》を使用してきた。この事実を踏まえて考えれば、イブリースは間違いなく冒険者の力を取り込んでいるハズ……！

そして、イブリースの胴体が消滅した後、目を閉じた冒険者たちを発見した。

背の高い男性の鎧《よろい》には、竜が火を噴く紋章が描かれていた。間違いない。この人たちはSランクパーティーの、聖火炎竜団の人たちだ……！

口元に耳を近づけて呼吸の有無も確認。……うん、大丈夫。眠ってるだけみたい。

ほっと一安心して息をつくと、ボス部屋の脇に脱出ゲートが出現。出口や入り口も解放され、ドロップ報酬の宝箱も転がっていた。

（ふう、これにて一件落着ってところかな！）

私は腰に手を当てながら、救助した五人の姿を見下ろす。

……ん、五人？

確か聞いていた話では、炎竜団は四人だったと思うけど……？

改めて冒険者たちの姿を見下ろすと、その中に一人だけ身長の低い子供の姿があった。白い法服のような装備を身に纏った、蒼《あお》の髪を持つ女の子。しかも彼女だけは炎竜団の紋章をつけていない。

「この子、誰？」

「さ、さあ……」

大きな鼻ちょうちんを膨らます少女を見て、私たちは首を傾《かし》げるのであった。

Eepilogue　帰還、賞賛、そして旅立ち

その後。私たちは脱出ゲートを使って、二〇層で発見した五人を外へと運び出した。

途中で炎竜団の四人は目を覚ましたが、ひどく衰弱していて立つこともできなかった。

まずはどこか落ち着く場所で休ませてあげないと。すると話の中で炎竜団のパーティーハウスがニコルにあることがわかった。まずはそこに運んであげよう。

奈落の入り口に立つ衛兵にも協力を仰ぎ、ニコルから馬車を呼んできてもらうことにした。

衰弱しきった彼らは回復魔法じゃ治せない。できるのは体を休めさせることと、栄養のあるものを食べさせることだ。

ややあって到着した馬車は、振動の少ない最高級のものだった。行方不明だった炎竜団を運ぶと聞き、一番いいものを手配してくれたらしい。

私たちは護衛として、町までその馬車に付き添った。町の門近くまでやってくると、多くの人たちが道を空ける形で人垣を作っていた。

どうやら馬車を呼ぶ際に、炎竜団生還の知らせが広まったらしい。多くの人は仕事の手を止め、彼らの帰りを不安そうな目で見守っていた。

パーティーハウスに到着すると、炎竜団に縁のある人たちが先に集まっていた。

もちろん、そこにはレファーナさんの姿も。

レファーナさんは馬車の護衛をする私と目が合うと、真っ直《まっす》ぐこちらに駆け寄り——抱き着いてきた。

「リオっ、よく無事で戻った……！」

「約束したじゃないですか、私は大丈夫って！」

レファーナさんとしばらく抱擁を交わしていると、扉が開いた馬車から軽口が飛んでくる。

「……久しぶりだな、レファーナ。俺たちが奈落で寝てる間に、娘でもできたのか？」

「なにいってるの、兄さん。リオさんよりレファさんのほうが小さいじゃない、きっとお姉ちゃんになってくれたのよ」

馬車から肩を担がれながら出てきたルッツとアイシャ、そして炎竜団のメンバーたちだった。

「……四ヶ月ぶりだというのに、くだらん冗談ばかり言いおって」

「四ヶ月ぶりだから、だろ。……まったく恥ずかしいぜ、ダンジョン帰りにこんな出迎えをもらったのは初めてだ」

ルッツの飄々《ひょうひょう》とした軽口が止まらない。それを聞いたレファーナさんは……こらえていたのを我慢できなかったのか、瞳から涙をあふれさせはじめた。

「ばか、もの……お主らは、どうして、どうしてっ……！」

「心配させて悪かったよ、レファーナ。そして集まってくれたみんなも、ゴメン」

ルッツが辺りを見回しながら言うと、集まっていた人たちのあいだに穏やかな空気が流れ始める。

だがそれとは対照的に、真剣な顔をした人たちが一礼をして割り込んできた。

「お取り込み中のところすみません、私たちはニコルに居を構える医術師と薬師です。領主様の言いつけで彼らの健康状態を確認しに来ました。申し訳ありませんが今日のところは……」

「あっ、そうですね！　レファーナさんは……どうします？」

「アチシはパーティーハウスで、こやつらの見立てが終わるのを待たせてもらおう。少しばかり、話もできればと思うからの」

レファーナさんはこの四ヶ月、ずっと炎竜団のことを心配し続けてきたのだ。彼らのそばにいたいと思うのは当然である。

「そうですね、レファーナさんは一緒にいてあげてください」

「恩に着る、クエスト報酬はギルドから受け取ってくれ。リオには本当に……」

「いいんですよ、細かいことは気にしないでください！　私も今日はぐっすりと宿で休みたいので！」

「そうか。では……」

「はい、また後日お会いしましょう！」

炎竜団は周囲の介添えを受けながらパーティーハウスに戻り、レファーナさんともその場で別れた。そうして私たちが屋敷に背を向けようとしたところ、医術師の人に声をかけられる。

「すみません。炎竜団と一緒に見つかったという少女は……いかがなされます？」

「……あ～～～」

そういえば一緒に見つかった謎の少女がいたなあ。

炎竜団は全員意識を取り戻したが、少女だけはいまも鼻ちょうちんだ。深刻な状態ではないと思うけど、お願いできるなら彼女の健康状態も見てもらったほうがいいよね。

「ということで、お願いできます？」

「ええ、もちろん構いません」

ということで私は医術師に少女のことを丸投げし、フィオナさんと炎竜団のパーティーハウスを後にした。

そして宿に戻る途中の分かれ道。フィオナさんが立ち止まって、申し訳なさそうな口調で言う。

「すまない、リオ。私もできれば母上の元に……」

「もちろんです、すぐに駆けつけてあげてください！」

本当であればヒュドラの心臓を確保した時点で、フィオナさんはお母様のいる実家に戻るはずだった。二〇層ボスの討伐にまで付き合ってくれたのはフィオナさんの善意だ。私に引き止める理由なんてない。

「ご協力ありがとうございました。しばらくはお母さんと一緒にいてあげてくださいね？」

「ああ、だができるだけ早く戻る。私にとってリオは、家族と同じくらい大切な存在なのだから」

「きゃー、照れちゃう！」

そうしてフィオナさんは私に向かって一礼すると、早馬の借りられる厩舎《きゅうしゃ》に向かって走っていった。

「……ふう。久しぶりに一人になっちゃったな」

今日まで慌ただしい日々が続いていたせいか、一人の時間がとても寂しいものに思えてしまう。

この時間を使ってなにをしようか。

そうだ。強奪レベリングで集めまくったアイテムが溜《た》まっていた。時間もあることだしアイテムの整理でもしておこう！
私はステータスウィンドウを開き、マジックポーチに入っているものの一覧を確認する。

【所持クリル】
1330万クリル
【所持アイテム】
薬草×2
毒消草×112→108（4枚干し肉に巻いて食べた）
竜のツメ×102
炎のリング×11
氷の牙×82
ウルフの毛皮×7
鋼《はがね》の剣×88
将軍のマント×4
鉄鉱石×1

毒進化の結晶×1

聖なる矢じり×1

竜のキバ×22
万能粉×30
アルラウネの唾液×4
亀の甲羅×44
ベルクリスタリア×2
骨棍棒《ほねこんぼう》×18
不死身の兜《かぶと》×1

闇進化の結晶×1
磔十字《はりつけじゅうじ》×1
闇仕立てのベルベット×1

防毒のローブ×1
防毒の手袋×1
防毒のブーツ×1
防毒のペンダント×1
グラディウス×1

だいぶ所持品も溜まってきたところだし、取っておきたいもの以外は売り払ってしまおう。
ということで、買取屋で使い道のないアイテムや装備品を処分した。結果――

【所持クリル：1330万クリル→1689万7328クリル】
（売却益　＋359万7328クリル）
【残った所持アイテム】
万能粉×30

鉄鉱石×1
アルラウネの唾液×4
亀の甲羅×44
闇仕立てのベルベット×1
闇進化の結晶×1
毒進化の結晶×1

礫十字×1
炎のリング×11
グラディウス×1

一番高い値がついたのは、ベルクリスタリアの70万クリルだ。

防具としてはかなり使える部類に入るが、決まった装備相手もいないのであまった二着は売ってしまった。もし本当に必要になったらまた盗みに行けばいい。

いまはフィオナさんとの二人パーティーだが、クランを結成したら炎竜団のような立派なクランハウスも作りたい。そのためには土地だって手に入れたいし……となればたくさんのお金が必要になる。

炎竜団捜索のクエスト報酬も受け取れば、もう少し所持金は多くなるけど……それは明日でもいいかな。夜も近いし今日は早く宿に戻って寝てしまおう。

ちなみに順番が前後したがイブリースの宝箱《ドロップ》からは、確定枠の《闇仕立てのベルベット》を回収している。錬金や防具として使い道の多い布生地だ。欲しいものができたらレファーナさんになにか作ってもらうとしよう。

その後。私は久しぶりの筋骨隆々亭に戻り、ベッドに横たわりながら今後のことについて考えを巡らせる。

が、体が疲れているせいか頭が働かない。もうこのまま寝てしまおうと、眠気に体をゆだねようとしたその時――部屋の扉が、控えめにノックされた。

宿で声をかけられるなんてめずらしい。私は間の抜けた声で「はぁい」と、扉に向かって返事をする。

「お休み中のところ申し訳ございません。実はリオ様に面会したいと申す者が、ロビーに来ているのですが」

「私に面会ですか？」

「はい。相手は冒険者ギルド所属の、ガーネットと名乗る女性で……いかが致しますか？」

「ガーネットさん⁉　すぐに行きますっ！」

私はすぐに支度を済ませると、ロビーにいるガーネットさんの元へすっ飛んでいく。

「ガーネットさん、お待たせしましたっ！」

「お休みのところ、押しかけちゃってごめんなさい。迷惑じゃなかったですか？」

「迷惑なワケないじゃないですか！　でも突然ですね、なにかありましたか？」

「なにかあったってこともないんですけど……もしお時間があれば、一緒にゴハンでもどうかなと思いまして」

「え、ええっ⁉　いいんですかっ⁉」

「むしろ私こそ誘っていいのかな、って感じですけどね。だってリオさんはもうAランクパーティーのリーダーですし……」

「いいに決まってるじゃないですか！」

ななんと、ガーネットさんは私をゴハンに誘いに来てくれたらしい。

あまりにも嬉《うれ》しすぎて頬《ほお》が自然と緩んでしまう。だって私に会うために、推しが押しかけてきたんだよ？

「私のほうこそ嬉しくてどうにかなりそうです！　でも、一介のファンが一緒にご飯なんて行って大丈夫ですか？　誰かに石投げられたりしませんか？」

「石なんて投げませんよぉ。どっちかっていうと私みたいな普通の受付嬢が、お誘いすること自体が空気読めてないんじゃないかなーって……」

「そんなことないです、ガーネットさんは大事なお友達です！　天涯孤独だって言った私に、そう言ってくれたじゃないですか！」

「あっ、覚えててくれたんですね」

「忘れるわけないですよっ！」

私はこの世界の外から訪れた転生者で、盗賊を理由に村から追放された小娘だ。でも「友達になる」の一言で、受け入れてくれる人もいると嬉しく思ったのを覚えている。

「お友達に上も下もありません。メガーネットさんがギルマスになっても態度を変えませんからね！」

「わ、私がギルマスになる日なんて来るのでしょうか……って、私はメガーネットじゃありません！」

「じゃあメガちゃん！」

「普通に呼んでくださいーっ！」

かわいらしいツッコミガーネットさんに癒《いや》されつつ、私は近くの飲食店――もとい酒場に案内される。

クラジャンの世界では酒場が飲食店の役割を兼ねている。だが案内された酒場は冒険者の集まる店だったらしく、私が姿を現すと店内には一瞬のあいだ沈黙が訪れた。

「……は、ははは。お邪魔しまーす」

情けない挨拶《あいさつ》をすると、冒険者たちは一斉に視線を逸《そ》らす。

（うわぁ、なんかすっごい気まずいなぁ……）

私に冒険者同士の付き合いはほとんどない。なにかあったとすればDランク冒険者に飛び級した時、レイラという赤髪に絡まれたくらい。

冒険者になって、およそ一ヶ月。私はその間にレベル90を超え、フィオナさんとAパーティーを結成した謎の盗賊だ。

昼間に炎竜団を連れ帰った騒ぎを知ってる人も多いだろう。

だが私は依然として得体の知れない冒険者のままだ。名前は知っててもどう扱えばいいかわからない、そんな微妙な空気が漂っている。

それこそ、交友関係が広い聖火炎竜団とは違うのだ。

微妙な気まずさを覚えた私は、悪目立ちしないよう首をすくめて腰を低くする。……が、私の連れがそれを許さなかった。

「もうっ、みなさん。なんですかその態度はっ！」

店の全員に聞こえるように、ガーネットさんが叱責《しっせき》の声を飛ばす。

「みなさん言ってましたよね、リオさんのことをもっと知りたいって。だから私はこの店を選んだんですよ！」

「えっ……？」

「リオさんは私の大切なお友達です。その友達に失礼な態度を取るなら、いますぐ帰っちゃいますから！」

ガーネットさんがそう言い切ると、店内はしんと静まり返る。

すると奥の席に座っていた――赤髪のレイラが頭を下げてきた。

「リオ、前は嫌がらせのようなことをして悪かった。……焦ってたんだ、長いこと昇格できない自分のことが情けなくってさ」

急に謝られたことに驚いてしまい、私はまともな返事ができない。

「よければ今度、アドバイスをくれねえか？　最近パーティーから抜けが一人出て編成にも困ってるんだ、もちろん相談料くらいは出すからさ」

「お、お金なんていりませんよっ！　私なんかの話でよければ、ですけど……」

「いいのか？　リオだってオレにはムカついてるだろ？　なんなら一発くらいブン殴ってくれたって……」

「なに言ってるんですか！　ほら握手しましょう、これで仲直りっ！」

レイラと強引に和解すると、近くにいた冒険者たちも次々に声をかけてくる。

「……聖火炎竜団を連れ帰ってくれて、ありがとな」

「炎竜団の連中とは飲み友達だったんだ。けどアイツらが顔を出さなくなってからは、店もどこかしんみりしちまってさ」

「嬢ちゃん、名前はリオと言ったか？　二〇層ボスを討伐した時の話、聞かせてくれよ」

「そうだそうだ！　前人未到の奈落二〇層が陥落した瞬間をっ！」

「ニコルの英雄、リオを特等席にご案内しろ！」

気づけば私とガーネットさんは、酒場の中心にあるテーブルに座らされていた。

そして目の前に頼んでもない料理がガンガンと運ばれてくる。

「わ、私こんなに食べられませんよっ!?」

「いいんですよ、リオさん。今日は冒険者のみなさんが奢《おご》ってくれるという話なので！」

「え、ええっ⁉　でも申し訳ないっていうか……」

「本当はみんなはリオさんのことが知りたかったんです。だからリオさんが気分を良くして、おしゃべりになるのを待ってるんですよ！」

いつの間にか店内にいるすべての冒険者が、私たちに注目していた。

今日まで謎に包まれていた盗賊が、ついに自分から口を開く。そんな期待が込められた視線が、ザクザクと全身に突き刺さるのを感じる。

とても逃げられる状況ではない。

私はあきらめ半分の気持ちで奈落の探索、そして二〇層ボスと戦った時のことを話し聞かせた。

「初手全体魅了《チャーム》に、冒険者を吸収して力を取り込む……？」

「つまり嬢ちゃんは……聖火炎竜団の力を取り込んだSランクボスを倒したってことか⁉」

「それになんだよ、逃げと避けた回数で強くなる攻撃スキルって！　盗賊にそんな技があったなんて初めて聞いたぜ！」

「盗む成功率を上げれば楽に稼ぎもできる、か……それならウチのパーティーにいる盗賊のアイツも？」

熟練の冒険者たちが体を前のめりにし、私の奈落探索エピソードに耳を傾けてくれる。

正直なところ、めちゃくちゃ楽しい。

だってみんなすごく真剣だ。彼らは本気で冒険者をやっていて、私の話からなにかを得ようとしてくれている。

こんな風に考えたら失礼かもしれないけど、本気でクラジャンをプレイする仲間を得たみたいで嬉しかった。

すると話を聞いていた冒険者の一人が、こんなことを聞いてきた。

「しかし、こっちから聞いといてアレだけどよ。リオはあまり情報を隠そうとしたりしないんだな？」

「隠すって……別に隠す理由もありませんからね？」

「でも少しは隠したくもなるだろ？　自分が体を張って得た情報なのに、他の冒険者に教えちまったら楽されるんだぜ？」

「全然かまいませんよ。むしろ大事な情報は広まったほうが、安全な探索ができるようになりますからね」

攻略情報はどんどんシェアするべきだ。そうやって情報が行き交う社会になったほうが、この世界にいるみんなが幸せになれるはずだ。

「少しくらいライバルが減ったほうがいいとか、思わねえのか？」

「そんなこと思いませんよ、むしろ知ってほしいです。だって一度の全滅で死ぬなんて、クソゲーじゃないですか」

「……なんて？」

「冒険者には誰も死んでほしくないと、そう言いました!!」

メタ発言を誤魔化すために大声を出すと、周りの冒険者たちが「おお……」と声をあげる。

「誰にも死んでほしくない、か……思っててもなかなか口に出せることじゃねえよな」

「ああ、でもリオの言う通りだ。オレは炎竜団の連中はあまり好きじゃなかったが、あいつらのいない酒場は静かすぎる」

「しかも有言実行だからな。たった二人のパーティーで、炎竜団を連れ帰ってきちまった」

「改めて言葉にすると信じられねえ話だ。オレたちはもしかしたら、伝説の生き証人……？」

なにやら話が嬉しくない方向に大きくなっている。

冒険者たちに認めてもらえるのは嬉しいが、英雄扱いはそこまで嬉しくない。彼らとはクラジャンのプレイヤー仲間として、同じ志を持った対等な立場でありたい。

だが向けられる視線には、既に憧れのようなものが混じっている。冒険者一ヶ月で奈落二〇層踏破は少しばかりやり過ぎたのかもしれない。ゲームでも一周目で奈落二〇層クリアなんて半年はかかるからね……。

「ふふっ。みんなリオさんが素敵な人だと気づいてくれて嬉しいです」

「笑ってる場合じゃないですよ、ガーネットさん……このままじゃ私、ニコルの有名人にされちゃいますよ！」

「あら、いいじゃないですか。私も友達が有名人になってくれたら誇らしい限りです！」

「いやいやいや、勘弁してくださいって！」

現実クラジャンで有名になったらどうなるかわからない。国や貴族に目をつけられて、変な要求やクエストを出されるかもしれない。

うさんくさい商人が「偉大な冒険者にしか見ることのできない服です」と言って、無を売りつけに来るかもしれない!!

「ニコルの新しい英雄、リオ。十五歳になったばかりの女盗賊か」

「炎竜団も戻ってきたことだし、いっちょ景気づけに乾杯しとくかぁ！」

「いいです、いいです、そういうのいらないです！」

「遠慮するなって、まったくニコルの盗賊姫は慎《つつ》ましいなぁ！」

「変な二つ名つけんなし!!」

「この調子ならすぐにパーティーランクもSに上がるだろ」

「ではニコルの新しい英雄、リオの誕生に——乾杯っ！」

ひときわ大きな唱和と共に、冒険者たちがグラスを打ち鳴らした。

顔だけは見たことのある冒険者たちが、次々と笑顔で私のグラスに乾杯を求めてくる。

これまで人の中心にいたことのない私は、恐縮やら恥ずかしいやらで首が縮こまってしまう。

そうして場が少しずつ落ち着いてきた頃、隣に座っていたガーネットさんがきょとんとした顔で聞いてきた。

「そういえばリオさん。まだパーティー名の申告はされてませんでしたよね、もうお決めになりましたか？」

「…………あっ」

言われてようやく気がついた。

私はフィオナさんと組んだパーティーに名前をつけていなかった。

◇

翌日。私は冒険者ギルドにクエスト達成の報告に向かった。

受付はいつものようにガーネットさんの元へ、昨日ぶりの再会に私たちは軽く笑みを交わす。

まずは聖火炎竜団捜索の達成報酬で８００万クリル。そして奈落二〇層ボス、初討伐特典として５００万クリルを受け取った。

初討伐特典は現実オリジナルの特典だ。

特典を受け取った冒険者は、報酬を受け取る代わりに『攻略備忘録』の執筆が義務付けられている。

この世界には攻略サイトがない。そのため二〇層ボスを初討伐した私には、続く冒険者のために攻略情報を残す義務が発生する。……つまり備忘録の執筆代というわけだ。

少しばかりめんどくさいけど、自分がこの世界の攻略記事を残せると思えば楽しみでもある。

これで手持ちのお金は２９８９万７３２８クリル。あまり端数を残したくないので、７３２８クリルは募金に回した。

「それとリオさん個人の冒険者ランクもＢからＡに昇格です、おめでとうございます」

「ありがとうございますっ」

パーティーランクは先んじてＡと認められていたが、冒険者個人としてのランクもようやくＡに昇格。すると今日は周囲の冒険者たちが、私に向かって拍手を送ってくれたのだ。

「ど、どもです……」

あまり人前で褒められた経験もないので、しどろもどろになりつつ周囲にペコペコと頭を下げる。

いままでこんなことはなかったのにどうして……？　と思っていると、ガーネットさんがこっそり耳打ちで教えてくれた。

「昨日、ほとんどの人は炎竜団が帰ってくる馬車を見守っていたんです。だから護衛についてたリオさんの顔、みんな覚えちゃったみたいです」

「な、なるほど……」

どうやら炎竜団を救った私たちのウワサは、ニコル全体に広まっているらしい。……う、うーん。有名になりたかったわけじゃないので反応に困る。

その後、グレイグさんにも挨拶をしてきた。

「おお、リオ！　よく来てくれたっ！」

「お疲れ様ですー、今日はずいぶんとゴキゲンですね？」

「そりゃそうよ！　お前のおかげで炎竜団の帰還、それに第二のSランクパーティーも誕生しそうだしなっ⁉」

グレイグさんの光り輝く視線から目を逸らしながら、私は「ははは……」と乾いた苦笑を返す。

領地を持った時のためにランクは高いほうがいいとは言ったが、いまこのタイミングで昇格するとちょっと目立ちすぎるなぁ。まだ貯金も少ないし、できれば少し時期を空けてから昇格のほうが嬉しいかもしれない。……と、グレイグさんにも言ってみた。

「つっても、リオのことはもうニコルの全員が知ってるからなぁ。それに奈落二〇層を踏破したパーティーをSランクに推さないと、オレが無能認定されてギルマスの座を追われるかもしれねえ」

「うわ、切実」

「つーことでパーティー名、いやクラン名は早く考えておいてくれ。冒険者協会への申請に必要だから」

「俄然《がぜん》、名前を決めたくなってきたんですけど……」

「もし申告がなければ『英雄リオと愉快な仲間たち』で本部に提出するからな」

「やめてください！　そんなダサい名前つけたら今度は誰も仲間になってくれなくなっちゃう！」

とりあえずなにか考えておいてくれと言われ、私はギルマスの部屋を後にした。

(パーティーの名前かぁ……)

すぐに思いつく名前は、ゲームで使っていたクラン名だ。別に同じ名前でもいいのだが、ちょっと気分転換をしたいような気もする。どちらにしろフィオナさんの意見も聞きたいし、帰ってくるまでは保留のままにしておこう。

ギルドを出た後は炎竜団のパーティーハウスに向かった。目的はもちろん炎竜団のお見舞いのためだ。

「昨日はじっくり見られなかったけど、立派な建物だなぁ……」

二階建ての小綺麗《こぎれい》な洋館だ。

貴族が住んでると言われれば誰もが信じてしまうだろう。炎竜団は四人だったはずだが、二十人くらいは住めそうなほど大きい。

おそらくメンバーが増えた時のことを考えて、大きめの建物を作ったのだろう。人が増える度に新しい拠点を建て直すわけにもいかないだろうからね。

私はボス部屋の入り口ほどある大きな扉をノックし、中の反応を待つ。すると応対に出てくれたのはレファーナさんだった。

「おお、リオ。来てくれたか」

「レファーナさん、おはようございます！　ちゃんと寝られてますか？」

「その辺は問題ない。あやつらもグッスリ寝ておるからな。付き添いで来たはいいものの退屈しとったところじゃ」

「それならよかったです！」

「いまは起きていたアイシャと話してたところじゃ。ほれ、お前も入ってこい」

「ではお邪魔しますっ！」

炎竜団の拠点にはきっと何度も訪れているのだろう。レファーナさんは勝手知ったるといった様子で、迷うことなくアイシャさんの部屋に案内してくれた。

途中、何人かのメイドさんともすれ違った、彼女たちは皆、炎竜団に恩のある人たちらしい。彼らが帰らなかった四ヶ月、ずっと屋敷の管理を自発的に行っていたそうだ。なんていうか……炎竜団ってすごいんだなと改めて思った。

「アイシャ、お前を助けてくれたリオが来てくれたぞ」

「あら、いらっしゃぁい」

そう言ってベッドの上にいたアイシャさんは……近くに来たレファーナさんのことをぎゅう～っと抱き締めた。

「お、おいやめろっ！　アチシはリオじゃない！」

「あぁ、ごめんなさい。十五歳になったばかりって聞いたから、つい小さいほうと間違えちゃったわ～」

「なにが小さいほうじゃ、ケンカ売っとるのか！　っていうか、昨日は間違えとらんかったじゃろ！」

「あら〜そうだったかしら〜？」

「……はぁ、まともに相手する気も起きんわ」

シャキシャキ怒るレファーナさんと、おっとりスマイルのアイシャさん。どうやらアイシャさんはずいぶんマイペースなお姉さんのようだ。

「それで、あなたがリオさんだったわよね？」

「はい、私がリオです！」

「助けてくれて本当にありがとう。一緒にいた騎士さんと助けに来てくれたんでしょ？　二人だけで二〇層ボスを倒すなんてすごいわ〜」

「い、いえ、それほどでも……」

年上オーラを放ちまくるお姉さんに、こうも正面から褒められると照れくさい。

「こうして見ると本当に普通の女の子ね。それでもすっごい強いなんて、ギャップ萌えしちゃう」

「あ、ありがとうございます」

「肌もすべすべで羨《うらや》ましい、チュ〜しちゃいたいくらいだわ」

「え、えっとぉ……それよりお身体のほうはもう大丈夫なんですかっ!?」

「すっかり元気！　……と言いたいけど、やっぱり四ヶ月も体を動かしてないとダメねぇ。体の筋肉が全然動かせないもの」

炎竜団の四人は確かにかなり痩せていた。アイシャさんもあまり顔色はよくないし、こうして話しているだけでも疲れさせてしまうのかもしれない。

「どちらにしろ活動再開なんて当分できそうにないわね〜。医術師の人にも三ヶ月は安静にしてなさいって言われちゃったし」

「そんなの当たり前じゃ。健康体に戻るまでは安静にしておけ！」

「は～い。ふふ、レファさんにお説教をもらうのも久しぶりだわ～」

アイシャさんが嬉しそうに微笑《ほほえ》むと、レファーナさんはフンと鼻を鳴らしてそっぽを向く。……うわぁ、なんだか既視感のある光景だ。

「ゆっくり体を休めてくださいね。もし元気になったら、今度は一緒に奈落の探索にでも行きましょう！」

「あら、いいわねぇ。でもその頃にはリオさんたちが奈落の最深部まで到達しちゃうんじゃないかしら？」

「あはは……もうちょっと戦力を揃えないと踏破は厳しいですね。でも聖光瀑布《ホーリー・フォール》を使えるアイシャさんがいたら、道中はずっと楽に動けるようになるはずです！」

私が転生して初めてダメージを負わされた、聖属性の全体攻撃魔術・聖光瀑布《ホーリー・フォール》。

Sランクパーティーの力を取り込んだとはいえ、あんな強力な魔術をこんなに早く目にするとは思わなかった。だが私の言葉を聞いたアイシャさんは、きょとんとした表情で首を傾《かし》げる。

「私、聖光瀑布《ホーリー・フォール》なんて習得してないわよ～？」

「え？　でもイブリースは確かに……」

「そもそも賢者のあれって、もっと高レベルが条件じゃなかったかしら。レベル68だった私のスキル盤では解放できないわ～」

……そうだ。

ゲームでも確かにそうだった、聖光瀑布《ホーリー・フォール》は賢者レベル100が取得条件に設定されたスキルだった。二〇層挑戦レベルではとても習得できるスキルじゃない。

じゃあどうしてイブリースは聖光瀑布《ホーリー・フォール》なんて使えたんだ？　元から持っているスキルではなかったし、炎竜団のメンバー《魔法剣士》《聖騎士》《魔道弓兵》が習得できるスキルではない。

じゃあ一体、誰が……？

──その時。部屋の扉がノックされ、外にいたメイドさんが声をかけてくる。

「お話し中のところ、失礼いたします。客間でお休みになられていたお嬢様が、ようやくお目覚めになられました」

「…………あっ」

◇

イブリース討伐後、炎竜団と一緒に発見された謎の少女。

彼女がようやく目を覚ましたということで、私はレファーナさんと一緒に客間を訪れた。

「……お邪魔しまーす？」

おそるおそる部屋に入ると、ベッドで上体を起こした少女が眠そうな声で言った。

「……ジャマされるのは、困るなぁ〜」

「あ、えっと。お邪魔するっていうのは、迷惑かけに来たとかそういう意味じゃなくて」

「リオ、こやつはまだ子供じゃ。あまり理屈っぽいことは言わんでいい」

「そ、そうですね」

「ん～？」

話が難しかったのだろうか。少女はトロンした目のまま首を傾げていた。蒼《あお》の長い前髪が、幼い顔の上にさらさらと覆い被《かぶ》さる。

「えっと……おはよう、でいいのかな？　どこか体が痛かったりはしない？」

「首と背中が、ちょっと痛いかもー」

「それは寝すぎじゃな。ここに運ばれてから丸二日経《た》っても起きんかったからの」

私たちの話が理解できないのか、少女はいまだに首を傾げたままだ。

「お嬢ちゃん、よければお名前を教えてくれる？」

「なまえー？　スピカの名前は、スピカだよー」

「スピカちゃん！　かわいいお名前！」

「お姉ちゃんの名前はー？」

「私はリオ、そしてこっちの人はレファーナさん」

「リオ、レハーナ。リオ、レハーナ。……うん、たぶん覚えたー」

スピカちゃんは私たちの名前を交互に呼びながら、満足そうにうんうんと頷《うなず》いた。

よし、コミュニケーション成功。聞きたいことは山ほどあるけれど、まずはスピカちゃんと仲良くなって私たちのことを信頼してもらおう。

「スピカちゃん、お腹空《す》いてない？」

「……うーん、パンケーキなら食べたいかも」

「だよねっ！　お姉ちゃんたちもパンケーキを食べようと思ってたんだけど、よかったら一緒にどうかな？」

「そうだねー、パンケーキならいいよねー」

そう言うとスピカちゃんはベッドの上からひょいと飛び降りて、私の手をきゅっと握ってきた。

（な、なにこの子っ！　超絶かわいい、妹にしたいっ！）

私がスピカちゃんの愛らしさに胸をときめかせる一方、レファーナさんはギョッとした顔をしていた。

「あれっ、レファーナさん。どうかされました？」

「なぜこやつは普通に立ち上がれるのじゃ？」

「え？　あ、そういえば……」

聞いたところでは炎竜団の人たちは全員衰弱しており、立ち上がることもできないらしい。だがスピカちゃんの様子を見る限り、眠そうにしてる以外はまるきりの健康体に見える。

「……ねぇ、リオー。早くパンケーキしようよぉー」

「そ、そうだね？　パンケーキしよっか？」

「おー」

スピカちゃんは眠そうな顔のまま、ノリの良い声を出す。……とても不思議の多いコだ。

ということで私たちはスピカちゃんの手を引いて食堂に移動、炎竜団メイドにお願いしてパンケーキを作ってもらうことにした。移動中もスピカは自分の足でしっかりと歩き、食卓まで疲れた様子もなく来ることができた。

「スピカちゃん、疲れてない？」

「ぜんぜんだよー、リオは？」

「私も疲れてないよ、スピカちゃんと同じだね！」

「うん、同じー」

隣の椅子に座ったスピカちゃんが、うっすらと笑みを向けてくれた。

うーん、かわいすぎるなこの子。無邪気というか純朴というか……ついこっちが構いたくなるような、そんな愛《いと》おしさにあふれている。

「皆さま、お待たせしました」

メイドが一礼し、たくさんのパンケーキを重ねたお皿を次々に運んでくる。

「おぉー！」

スピカちゃんはキラキラと目を輝かせる一方、私たちはあまりの多さに少し引いていた。

「す、すごい量じゃの……」

「これ、私たち三人で食べるんですか？」

「あっ、すみません。こちらは自室でお休みになっている、ルッツ様たちの分も含まれています。なのでこれからお部屋に……」

「ダメッ！」

メイドの説明に、スピカちゃんが大きな声で割り込んだ。

「このパンケーキはスピカとリオと、レハーナのぶん！　だから持っていっちゃダメ！」

「……でもスピカちゃん。これすっごい多いよ？　私たちだけで全部食べられるかなぁ？」

「ちょろいぜ」

「そ、そっすか？」

突然ワイルドな返事を挟まれて、思わず及び腰になる私。だが子供にワガママばかり言わせまいとして、口を挟んだのは年長のレファーナさんだった。

「スピカ、あまりお手伝いさんを困らせるでない。これはお前ひとりの分ではないのじゃぞ？」

「でもスピカ食べられるもん！　それに子供はいっぱい食べたほうがいいって言ってた！」

「そうじゃな、その通りじゃ。でもこの量は多すぎる、少しは他の人に分けてやらねば……」

「レハーナ、ちっちゃいのにえらそう！」

スピカちゃんにちっちゃいと言われ、レファーナさんの額にピキと青筋が浮かび上がる。

「……そりゃあスピカよりは大人じゃからのう。大人の言うことは素直に聞いておくもんじゃぞぉ？」

「大人でもちっちゃいレハーナの言葉は、うすっぺらい！　レハーナは子供の時に、いっぱい食べなかったから大きくなれなかったんじゃないの！」

「――――なっ⁉」

「そうやって遠慮ばかりしてたら、悪い大人にさくしゅされる！　だからスピカは目の前にあるものを、たんと召しあがりたい！」

スピカちゃんがフンと鼻息を荒らげ、椅子に座り直す。対するレファーナさんには刺さる言葉があったのか、ショックを受けて白目を剥《む》いていた。つ、強い……。

「それではいただきましょう！」

スピカちゃんがそう言って手を合わせると、もう止められる者はいなかった。私たちはいただきますをし、目の前にあるパンケーキをもそもそと食べ始めた。

舌の上で溶ける甘やかなバターに、やや酸味の効いた黄金色のシロップがつーんと脳に染み渡る。

「おいしーおいしー！　リオもおいしー？」

「う、うん、美味《おい》しいよー？」

「アチシは……搾取されていた、悪い大人に……だから今でも、小さい……」

レファーナさんは白目を剥いたまま、過去の過ち（？）を取り返そうとパンケーキを口に運んでいる。

そして当初の宣言通り、用意されたパンケーキは見事に完食されてしまった。七割はスピカちゃんのお腹に収まる形で。

「ふぃー、パンケーキは最高。スピカ、ここで毎日パンケーキを食らいたい……」

「美味しかったけど、毎日は飽きちゃわない？」

「そうかなー？　じゃあリオはなにが好きなのー？」

「好きな食べ物かぁ……あ、この前食べたボアのステーキは美味しかった！」

二〇層ボス討伐に出る前、レファーナさんが景気づけにとご馳走《ちそう》してくれた料理のひとつだ。

「ステーキ！　いいな、スピカも食べたい！」

「レファーナさんにお願いしたら作ってくれるかもよ？」

「ホント⁉　レハーナ作ってくれる⁉」

「そうじゃな、作ってやるか……アチシは搾取する大人ではなく、与えてやれる大人じゃからのう。ハハ……」

「やったーーー！」

いまだに意気消沈しているレファーナさんに、スピカちゃんがぎゅーっと抱き着いている。先ほどの口論《レスバ》などすっかり忘れたかのように。

「リオたちといると楽しい！　スピカ、リオたちの仲間になりたい！」

「そ、そうなんだ。うれしいなぁ……でもスピカちゃんにも、別の仲間がいるんじゃないの？」

「よくわかんない。みんなスピカにこまけーこと言うし、コキ使ってくるからうんざり！」

「そ、そうなの？　ちなみにスピカちゃんのお家《うち》って、どこなの？」

「スピカはエレクシア本聖堂《ほんせーどー》に住んでるよ。でも巡業《じゅんぎょー》とか聖務《せーむ》がおおすぎるから、逃げてきちゃった！」

エレクシア本聖堂。

それは私たちがいるスタンテイシア王国の東に位置する、聖教国エレクシアの中心となる建物の名前だ。

しかも巡業が退屈っていうことは、きっとスピカちゃんは聖職者だ。でもこの若さで聖職者なんて普通、やるものだろうか？

この世界の常識を勉強した私はそんなことはないはず、と首を振っている。もし可能性があるのなら……

「スピカちゃん。一応聞いておくんだけど、周りの人からはなんて呼ばれてた？」

「んー？　みんなは大聖女《だいせーじょ》って呼んでたけど？」

「うわ」

炎竜団の救出に成功し、一段落したと思ったのも束の間《つかのま》。

新しいトラブルがひそかに芽吹き始めていた。

◇

スピカちゃんは聖教国の大聖女だった。

トラブルの予感を察知した私たちは、グレイグさんに相談することにした。

「うおぉぉ……マジか。エレクシア大聖女の捜索依頼、確かに出回ってるぜ」

そう言ってグレイグさんは一枚の依頼書を差し出してきた。そこにはエレクシアの国旗と共に、スピカちゃんによく似た似顔絵が描かれていた。

懸賞金は２０００万クリル、情報提供だけでも１００万クリルと記載されている。これだけ見ても超大物であることがわかる。

「失踪したのはちょうど一ヶ月前みたいだな、まさにリオが冒険者になったくらいの頃じゃないか？」

数ヶ月前。ニコル東の国境を出てすぐの町で、巡業中の大聖女が失踪した。

誘拐も疑われたが、書き置きも残っていたので家出と断定。隣国であるスタンテイシアにも捜索依頼が回ってきたということらしい。

「で、その大聖女がどうしてウチの国に……というか、どうやって奈落の二〇層までたどり着けたんだよ!?」

「そのことなんですが、おそらく……」

ギルマス部屋のはじっこで、ガーネットさんとスピカが向かい合っている。

二人の間に置かれているのは投影の水晶だ。そこに表示された結果を見て、ガーネットさんが表情を引きつらせている。

「……マスター、結果が出ました。やはり彼女、本当にエレクシアの大聖女みたいです」

ガーネットさんの報告を聞き、私とグレイグさんも水晶の結果を覗《のぞ》き込む。

スピカ

才能

▶ **大聖女**（レベル：13）

習得スキル

回復魔法【LV：2】／聖魔法【LV：2】／幸運【LV：2】／戦闘終了時全回復／守護神の羽衣／光属性吸収／闇属性無効／即死耐性／癒しの雨／誘眠／浄化／聖光瀑布

「うわ、エグっ。そもそも才能が大聖女なんだ……」

大聖女はプレイヤーが習得できる才能じゃない。とあるイベントだけで存在だけが示唆されている、失われし才能と呼ばれていたものだ。少なくとも私がプレイしていた時期に、本実装はされていない。

この世界の私も大聖女がエレクシアにいることは知っていた。でもそれは才能が《大聖女》なのではなく、《聖女》の才能を持った人がそう呼ばれているだけだと思っていた。

「ちなみに大聖女って……強いのか？」

「強いなんてものじゃないですよ！」

才能レベルは13しかないが、持っているスキルが強すぎる。

まず【戦闘終了時全回復】は文字面《づら》の時点で強い。しかもこれは体力《HP》だけでなく、魔力《MP》も同様に全回復する。宿屋いらず。

それに【守護神の羽衣】は激ヤバだ。これはどんなに強力な攻撃でも、ダメージを最大体力の一割に落とすというものだ。もしスピカのHPが２００で１００００のダメージを受けたとしても、ダメージを強制的に20まで落としてしまう。

そして特技スキル【癒しの雨】は、パーティー全員に自動回復を付与。

これだけ揃えばスピカを倒すことは不可能に近い。もはや負けイベントのボスに持たせるようなスキルである。

「スピカちゃんが奈落でSランク級の魔物に遭遇しても、彼女はほとんどダメージを受けません。そして聖光瀑布《ホーリー・フォール》を撃ち込めば大体の魔物は一撃で倒せる。そして戦闘が終了すれば体力も魔力も全回復。まあ、負けないでしょうね……」

「で、でもよぉ。二〇層まで行くには、一〇層ボスを倒す必要があるだろう？」

「一〇層ボスのライオニック・ケンタウルスは、光属性のマジックアローが攻撃の主軸です。光属性吸収を持つスピカにとって、最高に相性のいいボスでしょう」

「じゃあ二〇層で負けたのは？」

「状態異常耐性がなかったからです」

これだけ強力なスキルが揃っていても、状態異常の備えがなければソロで勝てるはずもなし。あっさりと魅了《チャーム》にかかって、イブリースに取り込まれたのだろう。

そして私はスピカちゃんの持つ聖光瀑布《ホーリー・フォール》を浴びることになった、と……

「っていうか、スピカちゃん。国境はどうやって抜けたの？」

「スピカちっちゃいから、馬車の荷物に隠れてればよゆーだよ」

「そ、そっかぁ。でもどうしてダンジョンに入ったの？　危ないでしょ？」

「大人たちが『入るな、危ない』って言うから、絶対楽しいことを独り占めしてると思ったの。大人はみみざわりのいいことばかり、言うからねー」

「……ダンジョンの入り口に見張りが立ってなかった？」

「誘眠《スリープ》でねむらせた！」

「で、ダンジョンはどうだった？」

「ちょー楽しかったよぉ！　ちょっと痛いこともあったけど、しげきてきだった！　また行きたい！」

スピカちゃんは目をきらきらに輝かせている。うーん、これは反省させるのは難しそうだな。

「しかし、どうするのじゃ？　捜索依頼が出されてると知った以上、スピカは本国に送り返すほかあるまい」

「そう、ですよね。でもスピカちゃんの様子を見る限り……」

「はぁー？　帰るわけないでしょー？　本聖堂はスピカにどれいろうどうを強要するきょあくだよ？　あんなところに戻ったらスピカ、闇落ちしちゃうよー」

「で、でもみんな探し回ってるわけだし、せめて生きて元気にしてますよ～って連絡するくらいは……」

「じゃあリオがスピカのこと守って！」

「え？」

「本聖堂に連絡はしてもいーけど、スピカが連れていかれないように守って！　それにリオといたほうが楽しいし、パンケーキも食べさせてもらえる！」

「パンケーキは本聖堂でも食べられるんじゃない？」

「本聖堂のパンケーキはさいあくだよー。シロップの味も薄いし、バターもきんし。きっと使ってる小麦粉も、スラムで売ってる格安Fランク品だよ」

どんだけ本聖堂と大人が嫌いなんだ、この聖女。

「ねえねえ、いいでしょー？　それにリオって冒険者なんでしょ。スピカが仲間になったら便利だよ？」

「そ、それは嬉しいけど……他国の大聖女を勝手に仲間にしたら、代わりに聖教国《エレクシア》が敵になりそうなんだけど」

「じゃあエレクシアなんて滅ぼしちゃおっか！　スピカが聖光瀑布《ホーリー・フォール》で、国土をさらちにすればいいんでしょ？」

「物騒なことばかり言わないでっ⁉」

人に聞かれたら国家転覆の共謀罪で、極刑にされてしまうかもしれない。

ねーねー、と纏《まと》わりつくスピカちゃんに頭を悩ませていると、ガーネットさんがこんな助言をしてくれる。

「……とりあえず一度、エレクシアに顔を出してみてはいかがでしょうか？　話し合いで解決できることもあるかもしれませんし」

「ん〜そうですよねぇ……」

「ギルドマスターの立場としても、できれば顔出しくらいは頼みてぇな。エレクシアに恩を売るって意味でもそうだが、知ってて匿《かくま》うとなれば立場は一気に悪くなるしな」

まあ、それはもっともな話だ。預かっているだけのハズが、返さないとなれば誘拐と変わらない。

だが私にも色々とやりたいことがある。

奈落の探索も中途半端に終わってるし、第二才能以下の習得、クランを作る上での資金集めと、やるべきことはいっぱいある。

スピカちゃんのことは放っておけないが、ぶっちゃけワガママに付き合わされてる感がすごい。

新天地に行けば新しい出会いも見つかるかもしれないが……もう一押し、行きたいと思えるなにかが欲しい。

「そういえばこれは聞いた話なんだが、国境を越えた町の北に、新しいダンジョンが見つかったらしいぞ？」

「新しいダンジョン⁉　……って、その辺りにあるのって、Eダンジョンの《庭園》くらいじゃないですか？」

「おお、よく知ってるな。でもそいつとは別みたいだぜ？　なんでも見つかった地域はAクラン、、が開拓した領地の中らしいぜ……」

「領地の中で見つかった⁉　じゃあ特注《カスタム》ダンジョンじゃないですかっ！」

特注《カスタム》ダンジョンとは、領地経営を開始したクランが作ることのできるダンジョンだ。

ダンジョンはお金をかけて意識的に作るか、温泉でも掘り当てたかのように発見する二通りのパターンがある。

どちらの場合でも領地の一区画にダンジョンのタネというものが現れ、プレイヤーが細部を設定することで完成する。これは運営があらかじめ設置した、標準《デフォルト》ダンジョンとはまったく別のものになる。

出現する魔物、ダンジョン内の外観、取得しやすいアイテム。すべてを細かく決めることはできないが、プレイヤーの望む方向性を反映させることができる。

そうして完成したダンジョンは自分で潜るだけでなく、他プレイヤーにも公開して探索入場料を受け取ることができる。これだけでも十分に楽しいが、他にも特注《カスタム》ダンジョンにはとてつもないロマンがある。

なんと制作したダンジョンで登場する魔物は、まれに本実装前のアイテムを持っていることがあるのだ。

効果が大したものでなければ持ってても自慢できる程度だが、Aランク以上の装備品だったりすると大変だ。ネット上にその情報が瞬《また》く間に広まり、クラジャン廃人たちの集まる戦場と化す。

そうなると経営するクランはウハウハだ、莫大《ばくだい》な入場料が毎日入ってくるのだから。

制作したダンジョンランクは、経営者のランクに依存する。つまりAクランの領地で見つかったダンジョンなら、最低でもAランク以上が保証されているということである。

クラジャン廃人の私は、世界にある標準《デフォルト》ダンジョンは概《おおむ》ね把握している。

だが特注《カスタム》ダンジョンには一切の予測ができない。だからこそ私は特注《カスタム》ダンジョンに強いトキメキを感じてしまうっ！


「行きますっ！　東の国にっ、特注《カスタム》ダンジョンに潜りにっ！」

「頼みたいのは大聖女の件なんだが……」

「そっちもなんとかします！　ね、スピカちゃんも一緒にダンジョン潜りたいよねっ？」

「スピカも潜っていいのっ⁉　……でもリオ、スピカをにせんまんくりるで売り飛ばさない？」

「2000万クリル程度じゃ私はなびかないよ！　でも無事でしたよーって、みんなにお話くらいはしておかないとね？」

「んー、リオがそこまで言うなら、しかたないなぁ」

「ありがとう！」

私がスピカちゃんとの話を済ませると、レファーナさんが大きなため息をついた。

「計画が雑にもほどがあるじゃろうが……」

「そうですかね？　でも同じ人間同士だし、きっとわかり合えますよ！」

「本当にそうであればいいがの。……まあ国相手では大人が必要な場面もあるじゃろう、アチシもついていってやるわ」

「えっ、レファーナさんも来てくれるんですか⁉　炎竜団の方たちはいいんですか？」

「ヤツらと話は済ませておる。あやつらも快復には時間がかかるし、その間の世話はメイドがやってくれる。……それともアチシみたいな大人がついてきては、迷惑か？」

「全っ然！　むしろ最高、レファーナさん大好きですーっ！」

「スピカもレハーナ好きーーっ！」

「や、やめろっ！　二人して抱き着くなっ！」

……なにはともあれ。

こうしてレファーナさんも正式に加入し、フィオナさんとの冒険者〝パーティー〟は〝クラン〟に変更されたのだった。

数日後。フィオナさんがリビングストンの実家から戻ってきた。

集まりやすくて広いという理由で、今日も私たちは炎竜団ハウスにお邪魔している。

「今からエレクシアのダンジョンに向かうのか⁉　随分と急だな……」

「本題はそっちじゃないがの。メインはそこでパンケーキをかっ食らっておるスピカのほうじゃ」

今日も今日とて、スピカちゃんは無限にパンケーキを食べ続けている。あの小さな体のどこに収まっているのか不思議で仕方がない。

「スピカちゃんはエレクシアから逃げ出してきた大聖女なんです。本聖堂の扱いに不満があるので、ちょっと先方の代表と話ができればと思って……」

「ふん。その話をまとめるのは、ほとんどアチシの役目になりそうじゃがの。リオはダンジョンに潜ることしか考えておらん」

「そんなこと言わないでくださいよぉ～！　それだけ頼りにしてる証拠ですって！」

フィオナさんが戻ってくるまでの間に、国境を出るための手続きは済ませておいた。

グレイグさんも先にエレクシアに使いを出し、一番近い町で聖堂関係者と会う手筈《てはず》になっている。

そこに司教クラスの方が来てくださるようなので、スピカちゃんの待遇改善などをお願いする予定だ。

その話が一段落した後、北にある特注《カスタム》ダンジョンに向かうつもりだ。

「どうですか、フィオナさん？」

「どうするもなにも、私はリオについていくだけだ。……しかし、先方は納得するのか？　大聖女のスピカ殿もダンジョンに連れていくつもりなのだろう？」

「意地でも折れてもらおうと思います。ね、スピちゃん。ダンジョンに入っちゃダメって言われたら、なんて言うんだっけ？」

私が話を振るとスピカちゃんはフォークを置き、椅子の上に立ち上がって高圧的に言う。

「それならスピカにも考えがある！　よーきゅーがのまれない場合、きさまらの聖地エレクシアは聖光瀑布《ホーリー・フォール》でさらちと化すだろう！」

「ただの脅しではないか……」

フィオナさんがげんなりとした表情で肩を落とし、レファーナさんも大きなため息をつく。

「リオもこの調子だから、アチシが人一倍頭を抱えなくてはならないのじゃ……」

「がんばって、レハーナ！」

「……まったく誰のために悩んでおると思うのじゃ」

「でもレハーナもさくしゅされる子供は見たくないでしょ？　だったらスピカを助けないと！　それにレハーナがスピカを助ければ、きっとさくしゅされてたレハーナの過去もむくわれるよ！」

「いちいち言いまわしが小賢《こざか》しいの……。というか、スピカに昔の話はしてなかろう。どうしてアチシが搾取されたと決めつけられる？」

「スピカの世話係が言ってた！　しんたいてきとくちょーが他と違う人は、さくしゅされてた可能性が高いから信者になりやすいって！」

「……アチシも更地《さらち》に一票入れようかの」

「レ、レファーナ殿!?　気を確かに！　貴女《あなた》までにそちらへ行かれたら……私たちは快楽主義者をトップに据えた、革命集団《テロリスト》になってしまう！」

「あっ、そんな展開も面白そうですね！」

快楽主義者のリーダーに、鉄砲玉の武闘派大聖女。

さくしゅの復讐《ふくしゅう》に燃えるのじゃロリ幹部に、主《あるじ》の言いつけを粛々と遂行する女騎士。

――盗賊少女、ゲーム世界の宗教国家をノリで転覆させる――coming soon…

「面白そう、で革命を起こすような主君であれば、私は剣を置くつもりだが……」

「や、やだなぁ、冗談に決まってるじゃないですかぁ！」

私が白々しく笑ってみせるも、フィオナさんのジト目は止まらない。

「しかし、リオ。革命集団《テロリスト》でないにせよ、クランの名前はどうなった？　こうして国をまたぐことになった以上、アチシらにも呼びやすい名は必要になるであろう」

「あっ、その件なんですけど候補は考えてきました」

「意外と手回しが良いの。……して、その名前は？」

「はいっ！　私たちのクラン名は――《リブレイズ》にしたいと思います！」

結局、私がメインアカウントで結成していたクラン名と同じ名前を使うことにした。

リブレイズ。

この名前は自由・生活・高める、など色んな言葉をひとまとめにした造語だ。

共通の目標はあっても特にノルマや束縛はせず、みんな自由に好きな活動をしていい。ただ助けを求められた時は、できる限り手を貸してあげよう。そんな思いで名付けたものだった。

「って、勝手に決めちゃったんですけど。どうですかね……」

「私に異論はない。リオらしい、いい名前だと思う」

「右に同じじゃ。アチシにも縫製師としての仕事もあるし、自由にさせてもらうのは大歓迎じゃ」

「スピカもさんせー！　じゅーは、いいよねー」

「ありがとうございますっ！」

こうして私が結成したクランは、リブレイズと命名されたのだった。

その後、クランの結成手続きのため冒険者ギルドへ。ランクはパーティーを組んでいた時のものが引き継がれ、結成と同時にAクランとなった。

メンバー署名の時にスピカも名前を書きたがったが、「スピカはリブレイズの名誉顧問だから……」と説明すると「なんかすごそう！」と言って納得してくれた。

グレイグさんは結成早々、冒険者協会にSランクの申請をすると言ってたけど……果たしてどうなることやら。

手続きが終わった後。私たちは冒険者ギルドの外で待つ、馬車の前に立っていた。この馬車に乗って国境を越えれば、しばらくはニコルへ戻ってこられなくなる。

私は見送りに来てくれたガーネットさんと軽いハグをし、湿っぽくならない程度にご挨拶。

「リオさん、がんばってきてくださいね」

「はい、必ずガーネットさんに会いに戻ってきますから！」

他にも見送りに来てくれた数人の冒険者に手を振り、私たちの乗った馬車はゆっくりとニコルを後にした。

国境を抜けた先にある町、サンキスティ・モールには四日ほどかかるらしい。

移動中は時間を持て余すかもしれないけど、一緒にいてくれるのは私たちの大好きな人たちだ。きっとヒマをするということはないだろう。奈落二〇層までの『攻略備忘録』だって書いてないし、移動中に下書きくらいはしておこう。

素敵な仲間を集めてクランを作るという夢は、まさに現在進行中。

東の国でも新しい出会いがあるだろう。私はワクワクした気持ちで、国境の先に見える山を眺めるのだった。

リオ

才能

▶ 盗賊（レベル：100）

冒険者ランク：A
スキルポイント：527

装備品

アサシンダガー（S）
◆即死効果50％

鋭疾紅（B）
◆回避率上昇

エンジェリック・リボン（A）
◆全状態異常無効

極光のリング（A）
◆聖属性
◆使用時「破壊光線」使用可能

マジックポーチ（SS）
◆すごい

習得スキル

エンカウント率減少【LV：20】（遭遇率0％）／先制成功率上昇【LV：20】（先制率100％）／逃走成功率上昇【LV：20】（逃走率100％）／盗む成功率上昇【LV：20】（奪取率100％）／ダッシュ速度上昇【LV：5】／観察眼／宝探し／強奪／挑発／脱兎反転（累積攻撃力0）／回避率上昇【LV：20】

リブレイズ

人数

3（+1？）

ランク

A
（冒険者協会へSランク申請中）

所持クリル

2989万クリル

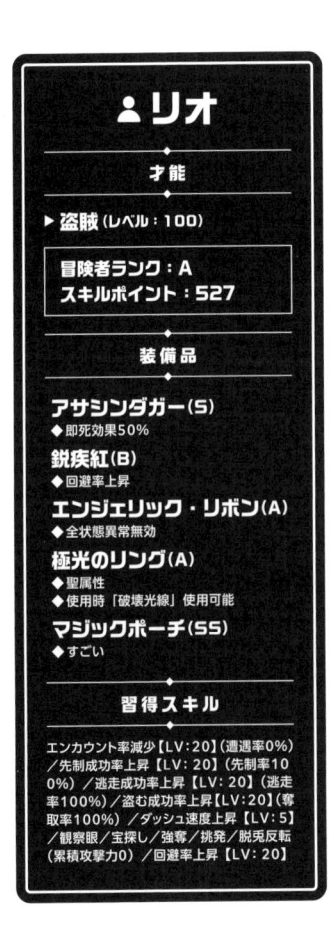

レファーナ

才能

▶ 縫製師（レベル：60）

冒険者ランク：C
スキルポイント：0

装備品

地熱の杖（C）
◆炎属性
◆使用時「火炎球」発現可能

ステルスフード（B）
◆フードを被ればエンカウントなし
◆戦闘時透明効果

裁縫セット（B）
◆どこでもアトリエが作れるほどの材料が入っている

習得スキル

縫製術【LV：11】／製作速度上昇【LV：3】／属性付与——防具【炎】【氷】【聖】／属性付与——アクセサリ【炎】【氷】【聖】

フィオナ

才能

▶ 魔法剣士（レベル：74）
氷魔術師（レベル：68）
風魔術師（レベル：66）

冒険者ランク：A
スキルポイント：9

装備品

ホーリーブレイド（A+）
◆聖属性

ベルクリスタリア（A+）
◆全属性ダメージ20%カット

エンジェリック・リボン（A）
◆全状態異常無効

恵みのロザリオ（A）
◆魔力自動回復（中）
◆消費魔力軽減（小）

習得スキル

氷魔法剣【LV：9】／氷魔法【LV：9】／風魔法剣【LV：9】／風魔法【LV：9】／武器両手持ち／回復薬効果上昇【LV：3】／魔力自動回復【LV：5】／挑発／捨て身の一撃／横薙ぎ一閃／受け流し／吹雪剣／吹雪／攻撃力上昇【LV：10】／防御力上昇【LV：2】／魔力上昇【LV：6】

スピカ

才能

▶ 大聖女 (レベル：13)

冒険者ランク：登録なし
スキルポイント：0

装備品

エレクシアー級法衣・
子供サイズ(SSS)
◆魔術使用時、350%効果上昇

おやつかばん(C)
◆意外とやれる

習得スキル

回復魔法【LV：2】／聖魔法【LV：2】／幸運【LV：2】／戦闘終了時全回復／守護神の羽衣／光属性吸収／闇属性無効／即死耐性／癒しの雨／誘眠／浄化／聖光瀑布

(仲間候補？　名誉顧問？？)

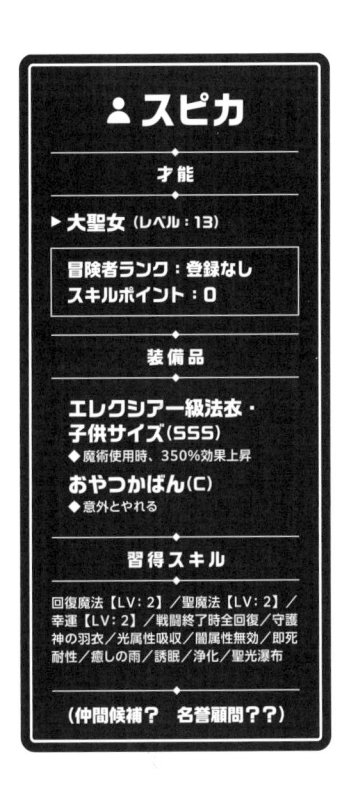

Extra　リブレイズに咲く、気高き高嶺の花へ

「ここはまた……壮大な景観をしたダンジョンだな」

「ですよね？　私もお気に入りの場所なんです！」

私とフィオナさんが訪れているのは、Ｂランクダンジョン《高嶺《たかね》》。

視界には緩やかな丘陵と草原が広がっており、遠くに頂を白に染めた山脈が連なっている。雄大な風景が広がる、高原系のダンジョンだ。

「ところでリオ、今日はなぜ此処に？　特に説明をもらってないのだが」

「ふっふっふ。それはですね……秘密です！」

「ひ、秘密？」

「そうです！　時と場合によっては、知らないほうが楽しめますからね！」

フィオナさんはきょとんとした表情を見せるも、すぐに相好を崩す。

「ふふ、そうだったな。冒険者とは楽しんでこそ、だったな」

「おっ！　フィオナさんもわかってきたじゃないですか！」

「快楽主義者を主《あるじ》と定めた以上、私も楽しまないと損だからな」

「ちょ、ちょっと!?」

狼狽《うろた》える私に、フィオナさんが悪戯《いたずら》な笑みを向けてくる。くっ、この距離感。悪くないぜっ！

今はエレクシア出発の数日前。しばらくニコルには戻れないため、とある事情で最後に立ち寄っておきたかったのだ。

しかしリアルの高嶺は本当に素晴らしい。ゲーム画面でさえ美麗な光景は、現実ならより映える。山間を抜ける澄んだ風が前髪を揺らし、青草と土の匂いを運ぶ。う～ん、大自然サイコー！

近くには高原系の魔物もいるが、彼らに用はないため全スルー。パワードゴーレム、マーシャルシープ、ランページフラワー。いずれもBランクのため戦うメリットはない、もはや高原に棲《す》む魔物観察ツアーである。

「ちなみにリオ。これから旅立つにあたり、人との別れを済ます時間は取れたのか？」

「大丈夫ですよ！　っていうか、そこまでニコルに知り合いいませんし」

知り合いといえばガーネットさんを筆頭に、グレイグさんやギルド関係者数名、同行してくれるレファーナさんを除けば、あとは鍛冶《かじ》師のモルガンさんくらいだ。私がそのことを説明すると、フィオナさんから意外な質問が飛んできた。

「……親しい殿方は、いないのか？」

「ええっ!?　そんな人いないですよ!?」

「意外だな。リオほど魅力的な女性であれば引く手数多《あまた》だろうに」

「私みたいなネトゲ喪女《もじょ》がモテるわけないでしょ？」

「ネトゲモジョ？」

おおっと、焦りすぎて現代記憶と混ざってしまった。

「っていうか、フィオナさんこそどうなんですか？　お貴族様なら縁談とかあるのでは？」

「父一代の爵位である以上、縁談の数は多くない。私が冒険者になったことも知れ渡っているし、私を嫁に選ぶ貴族は皆無だろう」

「でもフィオナさん美人だし、冒険者に言い寄られたことくらいはあるでしょ？」

「……下心を持つ者はいたように思う。しかし私の剣を腕を見るや否や、誰もが不思議と疎遠になっていったな」

あ～、ちょっとわかるかも～。

私が女性プレイヤーなことを察した瞬間、秒でマルチに誘ってくる有象無象のネトゲ出会い厨《ちゅう》。

だが彼らは私のレベルと主人公転生数を見た瞬間、決まって都合が悪くなりログアウトするのだ。

「腕を見込まれての勧誘ではなく、出会い目的と知った時の落胆といったらないな」

「めっちゃわかります！　自然と人のいる場所からも、足が遠ざかっちゃいますよねぇ」

「だがそのような出会いも経て、人を見る目を培うことができた。それがリオとの出会いにつながったのであれば、彼らとの出会いも無駄ではなかったのかもしれないな」

「えぇ？　そんな連中に感謝する必要ありませんって！」

あーだこーだ言いながらも探索を進め、私たちは早くも最下層へ到着した。

「リオのことだ。おそらくフロアボスの名も知っているのだろう？」

「はい。中には《オオカミ少年》という名前のボスがいます」

「オオカミ少年……？」

フィオナに不思議そうな顔をされ、当たり前のことに気づく。づ付く。地球の現実世界の童話を知らなければ、オオカミ少年という名前にピンとこないだろう。ということで私は古書館にあったマイナーな物語と称し、フィオナさんに童話の概要を話し聞かせた。

「……人を欺いた結果、自ら破滅を招いた少年か。自業自得な話だな」

「はい。高嶺のフロアボスは、この童話をモチーフに名付けられています」

ボス部屋の扉を開けると、部屋の中央に羊の群れが見えてくる。

「なるほど。すると相手は羊を食らう、オオカミの群れといったところか？」

「いえ。ボスはオオカミ少年そのものが本体です」

「ん……？　よくわからないな、羊飼いの少年は人間なのであろう？」

「物語ではそうですね。でもよく見てください」

私が指を差したのは群れの中央。そこには凶暴な目つきをした二足歩行の狼人間《ワーウルフ》が立っていた。

オオカミ少年

ボスランク：B

盗めるアイテム

干し肉

盗めるレアアイテム

メリケンサック

「リオ!?　なんか童話で聞いた話と、イメージがだいぶ違うんだが!?」

「のんきに話してる場合じゃありませんよ。敵の攻撃が来ます！」

オオカミ少年ことワーウルフがこちらに指を差すと、軍隊羊《マーシャルシープ》が土煙を上げて突っ込んできた。

「挑発っ！」

フィオナさんとは左右に分かれ、羊の群れを挑発で誘導。

羊たちは私だけを襲ってきたため、フィオナさんは必然的にフリーになる。その隙《すき》を縫い、フィオナさんが吹雪剣《ブリザードソード》の一太刀を浴びせる。レベル70オーバーの一撃だが、ボスの体力は高く一撃では倒れない。

一太刀を受けたオオカミ少年は、メリケンサックを嵌《は》めた拳《こぶし》でフィオナさんに反撃。剣で拳を弾《はじ》き返すものの、相手の手が早くフィオナさんは防戦一方に陥ってしまう。……が、そうなることも織り込み済みだ。

「フィオナさん、横に跳んでくださいっ」

「っ！　わかった！」

フィオナさんが横に跳ぶと同時、巨大な火炎球《ファイヤーボール》がオオカミ少年に命中。毎度おなじみ、炎のリング×10を使った火炎球《ファイヤーボール》だ。横やりを入れられたことに怒り、オオカミ少年の注意がこちらを向く。

「……いいんですか。私ばかりに注意を向けていて？」

グルルゥッ!?

「さっきまで従えていたあなたの羊。いまはどこで、どうしてると思います？」

――気づけば蹂躙《じゅうりん》の足音が近づいていた。オオカミ少年が後ろを振り向くと、そこには全速力で走る軍隊羊《マーシャルシープ》の群れ。

「危険な羊なんですから、ちゃんと飼いならしておかないとダメですよっ？」

挑発に釣られた羊の群れは、変わらずこちらめがけて突っ込んでくる。その道中に本来の飼い主が立っていようと関係ない。

ギャオォォォォッ――!!!!

数百体の羊の群れに踏み潰《つぶ》され、オオカミ少年は瞬《また》く間に絶命した。軍隊羊《マーシャルシープ》は討伐対象に含まれていないため、ボスの消滅とともに野山へと走り去っていった。

「……随分とあっさり終わったな」

「私たちは奈落二〇層を踏破したパーティーですよ？　Bランクボスなんて楽勝に決まってるじゃないですか！」

「た、確かに」

「ではボスも倒したことですし、お楽しみの箱開けタイムに入りましょう！」

私は言いながらフィオナさんの背を押し、宝箱のほうへ歩かせていく。

「……リオ。なぜ私の背を押しているんだ？」

「フィオナさんに宝箱を開けてほしいからです！」

「私に？」

「はい。今日ここを訪れたのは、フィオナさんにこれをプレゼントをするためですから！」

今回のドロップは確定報酬のみなので、別のものが入っていることはない。フィオナさんが言われるままに宝箱を開けると――中には色とりどりの造花が入っていた。

「これ、は？」

「ブリザードフラワーです。特殊な加工の施された、永遠に枯れない花です」

これはクランハウスの飾り付けに使う、インテリア用アイテムだ。ブリザードの響きが吹雪《ブリザード》に似ているし、私たちの関係も永遠に続いてほしい。そんな願いを込めて選んだものだった。

「これを、どうして私に？」

「私がプレゼントしたかったんです。初めての仲間になってくれたから……その、感謝したい、みたいな？」

なんだか言っている途中で恥ずかしくなってきた。いくらなんでも唐突だし、花を贈るなんてちょっとキザすぎただろうか？　だがフィオナさんはそんなことを気にした風もなく、愛《いと》おしそうに造花を抱きしめていた。

「……私は幸せ者だな。まさか主から花を贈ってもらえるなど、夢にも思わなかった」

「そ、そう言ってくれると私も嬉しいです」

なんだか気恥ずかしい雰囲気に耐えられず、私はフィオナさんに背を向ける。

「じゃ、じゃあそろそろ帰りましょうか。エレクシアに行く準備も始めないといけませんしっ！」

「そうだな」

フィオナさんのやわらかい返事を背に感じつつ、私たちは高嶺を後にしたのだった。

盗賊少女に転生したけど、周回ボーナスで楽勝です！
100％盗む＆逃げるでラクラク冒険者生活

盗《とう》賊《ぞく》少《しょう》女《じょ》に転《てん》生《せい》したけど、周《しゅう》回《かい》ボーナスで楽《らく》勝《しょう》です！
100%盗《ぬす》む&逃《に》げるでラクラク冒《ぼう》険《けん》者《しゃ》生《せい》活《かつ》 1

2025年4月25日　初版発行

著者　遠藤だいず
発行者　山下直久
発行　株式会社KADOKAWA
〒102-8177　東京都千代田区富士見2-13-3
0570-002-301（ナビダイヤル）
印刷　株式会社広済堂ネクスト
製本　株式会社広済堂ネクスト
ISBN 978-4-04-684714-0 C0093　Printed in JAPAN

担当編集　姫野聡也
ブックデザイン　AFTERGLOW
デザインフォーマット　AFTERGLOW
イラスト　ファルまろ

本書は、カクヨムに掲載された「女盗賊に転生したけど、周回ボーナスがあれば楽勝だよねっ！　~100%盗むと100%逃げるで楽々お金稼ぎ！~」を加筆修正したものです。
この作品はフィクションです。実在の人物・団体・事件・地名・名称等とは一切関係ありません。

ファンレター、作品のご感想をお待ちしています

宛先
〒102-8177　東京都千代田区富士見2-13-3
株式会社 KADOKAWA　MFブックス編集部気付
「遠藤だいず先生」係「ファルまろ先生」係

二次元コードまたはURLをご利用の上
右記のパスワードを入力してアンケートにご協力ください。

https://kdq.jp/mfb
パスワード
euinv

● PC・スマートフォンにも対応しております（一部対応していない機種もございます）。
●アンケートにご協力頂きますと、作者書き下ろしの「こぼれ話」が WEB で読めます。
●サイトにアクセスする際や、登録・メール送信時にかかる通信費はご負担ください。
● 2025 年 4 月時点の情報です。やむを得ない事情により公開を中断・終了する場合があります。